Emerich von Stadion

Christa

Drama in vier Aufzügen

Emerich von Stadion

Christa
Drama in vier Aufzügen

ISBN/EAN: 9783743365094

Hergestellt in Europa, USA, Kanada, Australien, Japan

Cover: Foto ©Andreas Hilbeck / pixelio.de

Manufactured and distributed by brebook publishing software (www.brebook.com)

Emerich von Stadion

Christa

Christa.

Drama in vier Aufzügen

von

Emerich Graf v. Stadion.

Pest.

Verlag von Gustav Heckenast.

1869.

Pest, 1860. Gedruckt bei Gustav Heckenast.

Gewidmet

der genialen Künstlerin

Frau

Lilla von Bulyovszky

geborne

von Szilágyi,

königl. baierische Hofschauspielerin.

Gnädige Frau!

Einer großen dramatischen Künstlerin einen kleinen dramatischen Versuch widmen, ist doppelt mißlich. Es gleicht einestheils dem Geschenke, das man einer juwelengeschmückten Königin mit einem bunten Flußkiesel machen könnte, und zweitens nimmt eine solche Gabe immer den Anschein, als wollte sie „aus Dankbarkeit" gespielt sein.

Ich verwahre mich hier feierlich gegen diese beiden Fälle.

Wenn ich Ihnen dies Produkt meiner Muße (Sie bemerken, gnädige Frau, wie bescheiden sich das verschärfte s dieses Wortes macht?) widme, so geschieht das, um Ihnen damit zu sagen, daß ich mich nie mit der Bühne und der Kunst beschäftigen kann, ohne daß die Erinnerung an Ihr wunderbares, von der Kunst durchdrungenes und die ganze Kunst durchdringendes Wesen über dieser Beschäftigung leuchtet wie ein belebendes und erwärmendes Licht. Ich kann nicht an das Theater denken, ohne an Sie zu denken, ich kann nichts für das Theater schaffen, ohne für Sie schaffen zu wollen; und nichts, was ich geschaffen habe, könnte mich freuen, wenn diese Freude nicht durch ein anerkennendes (aus Höflichkeit anerkennendes!) Lächeln von Ihren schönen Lippen gleichsam eine Berechtigung erhielte.

Es giebt Völker, welche sich ihre Götter personifiziren müssen, um an sie zu glauben: ich bin in diesem Punkte ein echter Grieche. — Ich erkannte Thalia in Ihrer Gestalt, und ich glaube an Sie. Und deshalb, gnädige Frau, widme ich Ihnen diesen Versuch, wie ein vorüberschreitender Wanderer einen Feldblumenstrauß auf den Altar des Tempels legt. Lassen Sie die Andacht des Gebers den Werth der Gabe erhöhen!

Im Februar 1869.

Emerich Stadion.

Christa.

Drama in vier Aufzügen.

(Den Bühnen gegenüber als Manuscript gedruckt.)

Personen:

Der Freiherr auf Düstereiche.
Gräfin Ada Lyr.
Oberförster Waldsee.
Hilmar, sein Sohn, Privatsekretär des Freiherrn.
Meister Frohner, Schmied.
Christa, seine Tochter.
Dorothea, dessen Schwester.
Martin, Altgeselle in der Schmiede.
Ein Diener der Gräfin.
Schmiedegesellen.

Ort der Handlung: Deutschland, auf Schloß Düstereiche und in Frohner's Schmiede. — Zeit: die Gegenwart.

(Links und rechts vom Zuschauer aus bezeichnet.)

Stirne gestreift, und das auch blos, weil er sich in der glatten Ebene da oben (er weiset auf seine Glatze) kein Nest wühlen konnte. (Zurücksprechend) Dir Martin, mit Deinem reichen Flughaar, hätte das Ding zu schaffen gegeben. So. Nun labt Euere durstigen Kehlen mit einem frischen Trunke — die Unken im Weiher quacken Euch ein Trinklied dazu. (Zu seiner Schwester) Heh, Dorothea! Schaff' Wein her. Hörst Du, Dörthe?

Dorothea (wie aus einem Traum heraus, aufblickend).
Was willst Du?

Meister Frohner.
Den Vesperwein sollst Du uns bringen.

Dorothea (aufstehend, wie geistesirre).
Vesperwein bringen — so, so — Vesperwein? (sie will abgehen, bleibt aber plötzlich nachdenkend stehen) War mir's doch, als ...

Meister Frohner (gespannt).
Nun?

Dorothea.
Als wär' ich wieder jung gewesen, denn Dörthe, so riefst Du mich. (Finster) Thu' das nimmermehr, hörst Du? — und nenn' mich Dorothea, wie es all' die Andern thun. (Im leise flüsternden Ton, der sich allmälig zum bittersten Schmerzensruf steigert) Der süße Klang des Namens Dörthe tönte eben vorhin, wie ein altes, liebes, längstverschollenes Ammenlied in mein einsames Alter herein, wühlte in dieser dürren, welken Brust einen gan-

zen Friedhof eingesargter Erinnerungen wieder auf und fuhr mir dabei wie knisternder Höllenbrand prasselnd durchs Gebein! Ha! ha! ha! ha! (Sie bricht in ein heiser schallendes Gelächter aus, das in Schluchzen endet.)

Christa (wie aufwachend).

Wie habt Ihr mich erschreckt, Muhme, mit Euerem fürchterlichen Lachen!

Dorothea (unheimlich).

Bangt Dir davor, Kind? (Wehmüthig) Und dennoch weiß ich eine Zeit, wo meine Stimme so rein war wie die Deine, mein Lachen so silberhell erklang, wie ein verwehtes Kirchenglöcklein! Jetzt freilich ist es heiser geworden und erloschen obendrein, erlischt doch Alles — Alles mit der Zeit. (Mit einer plötzlichen Wendung) Meinen Zweck aber hab' ich dennoch erreicht, denn Dich hat es wachgeweckt, Du Gedankenspinne!

Christa.

Wachgeweckt? Gewiß, Muhme, ich spann die ganze Zeit.

Dorothea.

Du spannst so manche Haspel vom Webstuhl der Erinnerung, das geb' ich zu, von dieser Spindel aber glitt kein Faden Flachs durch Deine Finger. Lern' mich das nicht kennen; hab' ja auch mein halbes Leben verträumt wie Du, weiß mithin, wie süß das schmeckt, wie man da Alles ringsherum vergißt, und gerne . . .

Meister Frohner (unterbricht sie barsch).
Den Wein schaff' her.

Dorothea (zusammenfahrend).
Den Vesperwein bringen — so, so — Vesperwein! (Sie geht ab, erscheint bald darauf mit zwei großen Weinkrügen die sie im Hintergrunde auf den Tisch unter die Linde stellt, worunter sich die Schmiedegesellen allmälig versammelt haben, und geht dann ganz ab durch die Schmiede.)

Zweiter Auftritt.

Meister Frohner. Christa. Tief im Hintergrunde sämmtliche Schmiedegesellen.

Christa (nachdem sie der Alten eine Weile nachblickte).
Seht nur selbst, Vater, wie unheimlich die Muhme ist, und ob die Leute nicht Recht haben, wenn sie ihr mit Scheu aus dem Wege gehen?

Meister Frohner (mit sanftem Ernste).
Uebe Nachsicht an ihr aus, wie ich es schon seit Jahren thue. — Sie ist was Besseres gewöhnt vom elterlichen Hause her, wo wir in bürgerlichem Ansehen und Wohlstand großgezogen wurden, (schwer aufseufzend) daß sich der rothe Hahn just auf unser Dach setzte und Feuerjoh krächzte, dafür kann Niemand; von da ab jedoch mußte ich zu einem Handwerk greifen und der alternden Schwester Stütze werden, denn die Eltern — lagen im Schutt begraben! (Kleine Pause.)

Christa (schmiegt sich zärtlich an ihn).
Du armer, guter Vater!

Meister Frohner (fortfahrend).

Ihre Jugend war glänzend, glänzender als die Deine, Kind, und ist sie manchmal trüb und seltsam in ihrem Wesen, so denke Dir: jetzt durchwandelt sie in Gedanken die bleichen Auen ihrer Vergangenheit, um einzelne Garben froher Erinnerungen einzusammeln! — Was die Arme erlebt, was erduldet, bis sie so geworden, darnach fragt Niemand. D'rum ehre vor Allem ihr weißes Haar, das Sorgen bleichte und ihr gramentstelltes Antlitz, über das die Pflugschaar des Schmerzes tiefe Furchen zog. Glaub' mir, Christa, hier im Leben erkauft sich Alles bitterschwer, denn kein Glück, keine Freude kehrt in unser gemartertes Herz, ohne daß ein ganzer Leichenzug trüber Erfahrungen miteinzöge!

Christa (angstbeklommen).

Geht es mit jeder Freude so?

Meister Frohner.

Die Ausnahmen sind dünn gesäet.

Christa (wie oben).

Mit jeder Freude, jeder Hoffnung so?

Meister Frohner.

Kind, was kömmt Dir an, Du zitterst ja am ganzen Leib?

Christa.

Mir wurde auf einmal gar so bang um's Herz.

Meister Frohner (sie kummervoll anblickend).

Hast wohl wieder an ihn gedacht, den Hilmar, vom Schlosse oben?

Christa.

Ich denke für und für an ihn, mein Vater.

Meister Frohner.

Liebst ihn also noch immer wie zuvor?

Christa (mit holdem Unverstehen).

Ja, kann man denn anders lieben als man liebt? Kann denn Liebe abnehmen wie die Mondessichel abnimmt oder die Tage abnehmen, wenn die Astern blühen?

Meister Frohner (bekümmert).

Sitzt das Ding so tief bei Dir?

Christa.

Wie könnt Ihr nur so seltsam fragen, Vater, just als wär's Euch nicht recht, daß Alles so kam wie's eben ist, und immer, o immer bleiben wird!

Meister Frohner.

Nicht doch, Mädel, davon kann die Red' nicht sein. Dein Wohl liegt mir, weiß Gott, am allernächsten, indessen —

Christa (einfallend).

Der Martin — gelt, Vater, der liegt Euch im Sinn?

Meister Frohner.

Ja, das ist's. Schau Kind, der Bursche ist so brav, es gibt gar keinen Ausdruck, wie brav der Bursche ist —

tüchtig in der Arbeit wie Keiner sonst, fromm, gut und hübsch. In ganz Düstereiche findet man gewiß keinen Bessern. (Christa bei der Hand nehmend) Schau, mit dem wärst Du glücklich geworden, der hätte Dich auf Händen getragen und die Schmiede da wäre lebendig geblieben, noch lange Jahre nach meinem Tode, so aber —

Christa (ihm schmerzergriffen in's Wort fallend).
Ihr thut mir weh, Vater!

Meister Frohner.
Da sei Gott vor! Wie blaß Du mit Eins geworden bist? Sei vernünftig, Christa. Der Hilmar — ich hab' gewiß nichts gegen ihn, nur kann ich's nicht gut fassen daß er das einsame Forsthaus verlassen und mit dem düstern Schloßleben vertauschen konnte.

Christa.
Aber Ihr wißt doch, Vater, daß er nicht aus eigenem Antrieb die Stelle nachgesucht, sondern vom Gutsherrn selber dazu aufgefordert wurde, von wegen seiner großen Aehnlichkeit mit dem verstorbenen jungen Baron?

Meister Frohner,
I, das weiß die ganze Gegend rundum, dessenungeachtet aber will mir die verkehrte Richtung nicht behagen, die ihn vom schlichten Bürgerthume ab in die höheren Kreise lockte, und mir gefiel er weit besser als ihn noch der Wald und nicht die hohe Schule erzogen hatte. Er kam mir damals frischer, jünger, wärmer vor, als er noch all' sein Glück in Deiner Nähe fand und jeden

Abend mit uns verkehrte. Siehst Du, Christa, das martert mich, denn wenn der Bursche Dich jemals vergessen könnte —

Christa (ihn entsetzt unterbrechend).
Vergessen, Vater — vergessen, sagt Ihr?

Meister Frohner.
Er wird, er kann's nicht thun; aber gesetzt, er thäte es den andern, überfirnißten Stadtleuten nach, bei denen es so zu sagen Mode geworden, was für Jammer und Elend brächte das nicht in mein Haus? — Doch beruhige Dich, liebes Kind, und seh' mir nicht so starr, solche stille, träumerische Augen wie die Deinen, so fromme Liebessterne (er küßt sie auf die Augen) vergißt man selbst im sündigsten Taumel der Gesellschaft nicht!

Christa (die wie abwesend dagestanden, bricht nun in ein lautes Weinen aus).
Vergessen! O, das Wort schmerzt mich wie ein Messerstich!

Meister Frohner.
Mach' mir das Herz nicht schwer und geh' auf Deine Stube, Kind. Da kömmt ohnedies der Martin.

Christa (tief bewegt).
Ach, laßt mich da bleiben, Vater, oben in der Stube wär' es mir ja doch zu eng!

Meister Frohner.
Wie Du willst, Christa, ich meinte nur es sei Dir unangenehm jetzt mit dem Martin zusammenzukommen?

Christa (gedankenlos).

Unangenehm ... warum?

Meister Frohner.

Ja, hast Du denn meine Anfrage von vorhin ganz verträumt?

Christa.

Ach! das ist Alles wie verweht durch dies eine Wort „Vergessen"! Doch ja, ja, jetzt besinne ich mich. (Wehmüthig lächelnd) Der arme Martin! Gewiß, er thut mir von Herzen leid, aber, weiß Gott, ich kann nicht anders, Vater!

Dritter Auftritt.

Die Vorigen. Martin (aus dem Hintergrunde).

Martin.

Ich komme im Auftrage sämmtlicher Gesellen mit der Bitte zu Euch, Meister, Ihr mögt uns nur auf einen Augenblick die Ehr' erweisen und unter die Linde treten, damit wir Euch ein Lebehoch zutrinken können. Schon beim ersten Kruge Wein dachten wir daran, da spracht Ihr aber so eifrig mit der Jungfer, daß ich es nicht recht wagen mochte in Euer Gespräch so mitten 'neinzutreten, jetzt aber geht unser Wein zur Neige, und da hab' ich mir denn doch ein Herz gefaßt und bin gekommen es Euch zu sagen.

Christa (da Meister Frohner schweigt).

Gott lohn' Euch Euren frommen Sinn, Euer treues Gemüth, Martin, und mög' er Euch immerdar so gut und brav erhalten.

Martin (in freudiger Ahnung).

Ihr seid mit Eins so seltsam bewegt, Jungfer Christa. Du mein Gott, wie soll ich mir das deuten?

Meister Frohner (ernst).

Laßt jeglich Deuten und kommt zur Linde, Martin —

Martin (ihn starr ansehend).

Meister!

Meister Frohner (ihn unter den Arm nehmend).

Sie liebt den Andern, wißt Ihr, den vom Schlosse oben — liebt ihn aus ganzer Seele.

Martin (niedergeschmettert).

Ganzer Seele.

Meister Frohner (fortfahrend).

Und ob ich auch mein Bestes that und ihr's recht nahe legte, so war doch Alles vergebens.

Martin (tonlos wiederholend).

Alles vergebens!

(Kleine Pause.)

Meister Frohner.

Gehen wir?

Martin (wie aufwachend).

Zur Linde, ja — zur Linde, Meister!

(Beide ab in den Hintergrund.)

Vierter Auftritt.

Christa (hat sich einstweilen in Gedanken vertieft an's Spinnrad gesetzt und hält mit ihren beiden Armen ihre Kniee umschlungen). Dorothea (erscheint in der Schmiede, eine Lampe in der Hand).

Christa (traumverloren).

Vergessen!

Dorothea (vortretend).

Pfui, nennt das kummerschwere Wort nicht, treibt kein Spiel damit, es wiegt der Thränen gar zu viele auf und kein Senkblei hat noch je das namenlose Elend ermessen, das dies kleine Wort in seinen geheimsten Tiefen birgt! (Sie stellt die Lampe auf den Tisch.)

Christa.

Mir bangt davor.

Dorothea.

Ich hab's ausgekostet, tropfenweise ausgeschöpft das ganze brandende Meer der Vergessenheit, bin hinabgestiegen bis an dessen Grund und hab' mir die Perlenbänke angesehen — lauter versteinerte Thränen, eine nach der andern, die meinigen natürlich fanden keinen Raum mehr unter ihnen; hab' mich mit aller Gewalt darin ertränken wollen, in dessem kalten Flutengrab jedoch keinen Platz gefunden — mußte obenauf schwimmen immerdar wie ein vom Ufer weggespültes Wassergras, losgerissen von Allem, was ihm theuer war! Ich weiß, was es heißt: vergessen wollen und nicht kön-

nen, weiß wie es schmerzt vergessen zu sein, deshalb
kann ich auch dies gräßliche Wort laut hinausschreien
in die sündige Welt, in die treulose Menschheit hinein,
ich hab' ein Recht dazu, der Kummer hat mir's gegeben,
in Deinem unentweihten Munde aber klingt es wie
Hohn und Frevel, Du versündigst Dich nur damit!

Christa (die Hände wie zum Gebete faltend).
Das walte Gott!

Dorothea (dämonisch).
Oder hast Du etwa selber Kummer gehabt? Dein
blasses Gesicht läßt mich's fast glauben. Ist dem so, oh,
dann sag' es frei heraus, dann sollst Du Bruderschaft
mit mir trinken.

Christa.
Laßt mich, Muhme!

Dorothea (weich).
Erschrick' nicht vor mir, Kind, und sag' mir's unverhohlen,
was Dir am Herzen nagt. Ich hab' ein Verstehen
dafür, glaube mir.

Christa.
Nun, damit Ihr mich nur einmal in Ruhe laßt.
Der Martin liebt mich, wie sie sagen.

Dorothea.
Liebt Dich, ei, und Du? Du liebst einen Andern,
schon um die fünf Jahr herum! Ist's nicht so? Und ist
das Dein ganzes Vertrauen? Meinst wirklich, ich bemerkte
Dein scheues Ausweichen nicht, um die Zweifel

zu verdecken, die im Innern gegen den Herzliebsten aufgestanden sind?

Christa.

Damit ich ja nicht in die Versuchung komme, will
ich mir als Gewährleistung seiner Lieb' und Treue das
Stammbuchblatt hervorholen, das er mir beim Abschied,
ehe er auf die gelehrte Schule ging, liebend einhändigte.
Die süßen Verse sollen mir Ruh' und Hoffnung geben!

Dorothea.

Darf ich sie Dir bringen?

Christa (erstaunt).

Ihr, Muhme?

Dorothea.

Warum nicht?

Christa.

Ja, wißt Ihr denn überhaupt?..

Dorothea.

Im schwarzen Gesangbuch hast Du sie wohl verwahrt,
meinst, ich hätte das nie bemerkt, weil ich kein Wort
darüber laut werden ließ? — Ich hab' statt Verse
welke Blumen d'rinnen liegen, hol' mir aber keinen Trost
mehr bei ihnen, denn ihr Lenz und Duft ist längst dahin!
(Wehmüthig) Du bist besser d'ran, mein Kind!

Christa.

Ihr seid mit Eins ganz anders wie sonst, so gut
wie heute sprach sich's noch nie mit Euch. Was habt
Ihr nur?

Dorothea (sie auf die Stirne küssend, feierlich).

Im Schmerze und im Unglück, Kind, rückt Alles näher aneinander — nur das Glück zersplittert die Menschen!

Christa (sie bei der Hand fassend).

Was sagt Ihr da, Muhme?

Dorothea (abbrechend).

Ich hol' Dir die Verse, Christa. Wohin bring' ich sie?

Christa (gedankenverloren).

Auf die Stube, Muhme!

Dorothea (im Abgehen).

Ja, ja, so was will allein gelesen sein und ungestört. O, ich weiß! ...

Fünfter Auftritt.

Christa (allein im Vordergrunde).

Christa (sinnend).

Nur das Glück zersplittert die Menschen, im Schmerz und Unglück aber rückt Alles näher aneinander! (wie aufwachend) Ja, bin ich denn unglücklich, daß sie sich mir nun liebend naht? Was ist denn geschehen, Du mein Gott? Der Kopf ist mir ordentlich wüste darüber geworden, und die Gedanken hängen mir wie abgerissene Glockenstränge im Gehirn! O, ich muß auf meine Kammer flüchten, muß mir Trost holen im Gebet — und in Hilmar's Versen! (Sie will abeilen.)

Sechster Auftritt.

Christa. Martin (aus der Schmiede, mit dem Wander=
burschen=Ränzel).

Martin (bewegt).

Ich bitt' Euch um ein Wort, Jungfer Christa, wenn Ihr anders könnt!

Christa.

Was wollt Ihr?

Martin.

Ihr habt Eile, wie ich merke?

Christa (stürmisch).

Vor mir selber will ich fliehen!

Martin (trübe).

Das geht wohl nicht.

Christa (mit einem wehmüthigen Lächeln).

Und dennoch wollt' Ihr's selbst versuchen?

Martin.

Wie, Ihr hättet errathen?

Christa.

Ich hab's errathen, daß Ihr geht, gehen müßt, daß hier nun nimmer Eures Bleibens sein kann. Wär' ich an Eurer Stelle, glaubt mir, ich thät dasselbe.

Martin (mit ausbrechendem Gefühl).

Christa!

Christa.

Macht mir das arme Herz nicht gar zu schwer, Martin, und als Zehrpfennig nehmt die Versicherung

mit Euch hinaus in die Fremde, daß ich Euch gut bin,
wie eine Schwester und es Euch gewiß nie vergessen
werde, was Ihr Alles um mich ausgestanden, was
gelitten habt! (Sie reicht ihm bewegt die Hand.) Vergessen
erlernt man leider nie, man mag noch so alt werden,
sonst würde ich Euch diese Bitte an's Herz legen, so
aber — empfehl' ich Euch Gottes heil'gem Schutz, und
will oft und viel an Euch denken. Lebt wohl, Martin!..
Lebt ewig wohl und verzeiht mir Euern Schmerz! (Sie
eilt den Treppenaufgang hinauf, kehrt sich an der obersten
Stufe angelangt noch einmal um, winkt mit der Hand und
verschwindet.)

Siebenter Auftritt.

Martin. Meister Frohner (tritt mittlerweile aus der
Schmiede und setzt sich unter die Linde).

Martin (nachdem er ihr unverwandt nachstarrte).
O Gott! Jetzt ist's aus. Alles, Alles aus! (mit erstickter
Stimme) Leb wohl, Christa... Auf Nimmerwieder-
sehen! (Er stürzt ab, an Meister Frohner vorüber.)

Meister Frohner (ihm nachrufend).
Martin! Martin! Der arme Junge sieht und hört
mich nicht. (Aufstehend und in den Vordergrund tretend)
Sein Schicksal geht mir nahe, sehr nahe. Morgen ist er
schon über alle Berge. Ich will gar nicht denken, wie er
mir überall fehlen wird, wie schmerzlich ich ihn missen
werde; und dennoch konnte ich ihn nicht länger zurück-
halten — eine innere Stimme ruft mir aber beständig

zu, mit ihm geht der Segen, zieht der Friede aus Deinem Hause! Sonst, wenn's wo Unglück gibt, setzen sich die Todtenvögel immer nur auf's Dach, und krächzen da ihr Unheil aus, mir aber nistelt sich dies Gezücht sogar in's Herz hinein, und flüstert mir darinnen seine bangen Ahnungen zu. Gott verhüt's, Amen. Weg mit dem Aberglauben! (Er sieht in die Scene) Ei, seh' ich recht? Da kömmt ja der alte Waldsee im Sturmschritt durch den mondhellen Forst gegangen, da muß ich mich schon ein wenig zusammennehmen, damit er den Schmiedehammer da drinnen (er zeigt auf sein Herz) nicht pochen hört!

Achter Auftritt.

Der Vorige. Oberförster Waldsee (mit übergehängter Jagdflinte).

Meister Frohner.

I, Gott zum Gruß, Waldsee!

Oberförster (sehr erregt).

Guten Abend, Frohner, guten Abend (lehnt die Büchse an die Wand) Ist das heute wieder ein durstiges Wetter. Die Zäune um Eure Schmiede sind ganz blau mit Schlehen, der heiße Herbst narrt den Sommer, bin wie ausgetrocknet.

Meister Frohner (auf den Weinkrug deutend).

Da findet Ihr die löschende Quelle. Wollt Ihr ein Glas davon, der Wein ist gut?

Oberförster.

Gebt her. Will 'mal versuchen.

Meister Frohner (schenkt ihm ein Glas voll, Waldsee ergreift es mit zitternder Hand).

Wie Ihr zittert, Waldsee. Was habt Ihr nur? Ihr seid erregt.

Oberförster (ausweichen wollend).

Das kommt vom raschen Gehen.

Meister Frohner.

Nicht doch! dahinter steckt mehr.

Oberförster.

Unsinn!

Meister Frohner.

Es hat was gegeben. Ihr seid zu mächtig bewegt.

Oberförster (der sich gesetzt hat).

Nun denn, was soll es länger in mir liegen und mich wund drücken, es soll heraus. Bei mir zu Hause ist nicht Alles, wie es sein soll. Mein Sohn, der lebt da oben, als ob er sich von kleinauf nur in Schlössern herumgetrieben hätte und vergißt darüber ganz und gar, daß in dem einsamen Forsthaus unten ein alter Mann verlassen lebt, der ihn mit heißer Sehnsucht erwartet.

Meister Frohner.

Besucht er Euch nicht täglich?

Oberförster.

Alle vierzehn Tag' einmal, und da läßt es ihm keine Ruhe bis er wieder aus dem tannengrünen Dickicht heraus ist. Das wollt' ich ihm indeß noch gerne verzeihen, mein Gott, er ist jung, und das trübe Einerlei der väterlichen Stube kann ihm nicht sonderlich behagen; daß er sich aber auf dem Schlosse gar so heimisch fühlt und sich vollends eingebürgert hat, das bringt mich in Harnisch, denn dabei muß er sich seinem Stande entfremden, er mag wollen oder nicht. Ueberdies versteh' ich nicht, was ihn denn eigentlich in dem öden Schlosse oben gar so anlocken kann.

Meister Frohner.

Fast will es mir scheinen, daß die Gräfin Nichte der Magnet sei?

Oberförster.

Gräfin Lyr, die Hochnase? Wo denkt Ihr hin. Die würdigt mich kaum eines Blickes und rauscht stolz an mir vorbei, wenn ich ihr begegne.

Meister Frohner.

Ihr, Waldsee, seid alt und grau, Euer Sohn aber, der Hilmar, ist ein schmucker, jugendhübscher Bursche, und dürfte der Gräfin schon besser gefallen.

Oberförster (ernst).

So immerhin nicht, daß er darüber Euere Christa vergessen könnte. Wo ist sie denn, das herrliche Mädel?

Meister Frohner.

Sie war ebenerst dagewesen. (Nach rückwärts blickend) In ihrer Kammer seh' ich Licht. Soll ich sie rufen?

Oberförster.

Stört sie meinetwegen nicht, und bringt ihr meine Grüße. (Aufbrechend) Ich aber mach' mich wieder auf den Heimweg, denn der Wind bläst aus Westen, und da hat es noch stets einen tüchtigen Regenschauer gesetzt. (Er ist aufgestanden und hängt sich die Flinte um) Gute Nacht mithin, Freund Frohner! Ihr denkt kaum, welchen Alp ich mir vom Herzen herabgesprochen habe. Ich kehr' jetzt ein ganz Anderer in mein einsames Forsthaus zurück. Lebt wohl. Dieser Tage im Vorübergehen spreche ich wieder einmal vor bei Euch.

Meister Frohner.

Wartet ein klein wenig, ich geb' Euch 's Geleite bis an's Erlenholz.

Oberförster.

I, Gott bewahre, naß werden dürft Ihr meinetwegen nicht, ich nehm' mit Eurem guten Willen vorlieb, und somit Gott befohlen! (Ab.)

Meister Frohner.

Gute Nacht!

Neunter Auftritt.

Meister Frohner (allein), gleich darauf Christa.

Meister Frohner (ihm gedankenvoll nachblickend).

Dein Herz, Alter, ist ruhiger als das meinige. Ich fürchte es steht schlimm mit Deinem Sohne, schlimmer als Du meinst. Gott schütze mir nur mein braves Kind, die gute Christa.

Christa (erscheint oben am Treppengange).
Rieft Ihr mich, Vater?

Meister Frohner.
Komm immerhin.

Christa (herabkommend).
Mir war, als hörte ich des Oberförsters Stimme, und da wollte ich Euch denn fragen, was er Neues gebracht und worüber er mit Euch sprach?

Meister Frohner.
Er sprach mir von seinen Bäumen und — von seinem Sohne. (Da Christa ihn befragen will, ablenkend) Ich gehe jetzt um die Schmiede herum, das Eingangsgitter schließen, denn der Martin dürfte das heute außer Acht gelassen haben — später setz' ich mich unter die Linde, wo ich Dich erwarte, liebes Kind. (Geht langsam ab.)

Zehnter Auftritt.

Christa (allein). Später Hilmar (in einen Radmantel gehüllt, aus dem Hintergrunde).

Christa.
Wie forschend mir der Vater in's Auge blickte, als ich ihn um den Hilmar fragen wollte! Die Worte erstarben mir auf der Zunge. O, mir ahnt nichts Gutes und das Herz liegt mir in der Brust wie auf Dornen; und dennoch darf ich nicht grübeln, will vielmehr dies süße Gedenkzeichen seiner Liebe (sie holt ein Stammbuch-Blatt aus der Brust hervor) Wort für Wort, Vers für Vers, wie

die Perlen eines Rosenkranzes andächtig abbeten, damit es wieder stille in mir wird wie in einem Walde, auf den sich die Nacht mit ihrem Vergessen lagert, stille wie in einer Kirche während der Wandlung! (ausbrechend) O Hilmar, wüßtest Du welch' Heimweh ich nach Dir verspüre, Du müßtest in meine Arme flüchten und darinnen alles irdische Weh vergessen wie dazumal, da mir Deine Muse diese Verse liebend weihte! (Sie faltet die Hände wie zum Gebet und spricht wie verklärt:)*)

„Dein Sänger läßt die Leier sinken,
„And're aus der Quelle trinken,
„Die dem Helikon entfließt.
„Doch, o Muse! kehrst Du wieder
„Freundlich grüßend bei mir ein —
„Laß' des Herzens reine Lieder,

Hilmar (vortretend, sie zärtlich umschließend).
„Meiner Liebe Kunde sein!"
Christa (ist in seligem Entzücken an ihn hingesunken).
Hilmar! (leise verhallend) Hilmar!...

Der Vorhang fällt.

---

*) Im Orchester wird **ganz leise** bis zum Aktschluß ein Sehnsuchtslied (als begleitende Musik) intonirt.

Zweiter Aufzug.

Alterthümlicher Saal auf Schloß Düstereiche, mit einer Mittel= und zwei Seitenthüren. Links im Vordergrunde ein Schreibtisch.

Erster Auftritt.

Hilmar (allein).

Hilmar (vor dem Schreibtisch, im Lehnstuhl sitzend, in Träumereien versunken).

Christa ist ein holdes, herrliches Mädchen und lieblich über alle Träume hinaus! In ihrer frommen Nähe ist mir stets, als ob eine Morgenröthe um mich emporstiege und durch alle Ritzen meiner Seele dränge, und so stillvergnügt, so ausgesöhnt mit Allem, wie gestern Abend nach meinem Heimgang aus der Schmiede, fühlt' ich mich schon lange nicht. Dinge, die ich sonst kaum eines Blicks gewürdigt, erfüllten mich mit Antheil, Erinnerungen, die ich längst erloschen wähnte, reichten mir wieder ihre Kinderhände und Alles rings um mich heimelte mich an, wie die vergessenen Märchenschauer meiner Kinderstube! (seufzend) Ach! Mir wäre besser, ich ginge wieder häufiger hinab in die Schmiede. Dort, unter diesen braven Menschen fände ich gar bald mein altes

Selbst und so manche Jugendeindrücke wieder, die seither verklungen waren...! Es lebt Poesie im Volke, da gilt kein Leugnen, und dennoch (aufspringend) spornt und stachelt mich der Gedanke, dem Spießbürgerleben auf immer entrückt zu sein und mich so in Kreisen heimisch zu fühlen, die Andere nur vom Hörensagen kennen. Der Gedanke reizt mich, wie hohes Spiel! (sinnend) Zwei Extreme berühren sich da und rütteln gewaltig an den Fugen meines innern Menschen. Es gilt ein Ringen, einen schweren, harten Kampf und erfordert meine ganze Kraft, um mich hiebei nicht selbst zu verlieren! (Er hat einen Gang durch's Zimmer gethan, und sich wieder in den Lehnstuhl gesetzt.) Wie lieb sie die Verse deklamirte! Nein, Entweihung wär's, wollt' man dies leise, andächtige Flüstern zu Gott deklamiren heißen — beten nennt man das, und mit jener Andacht beten, die bis zum Himmel dringt und Gott selber ein seliges Lächeln entlockt! (Er schreibt mechanisch die Verse auf ein Blatt Papier vor sich hin, indem er sie flüsternd deklamirt.)

„Dein Sänger läßt die Leier sinken,
„And're aus der Quelle trinken,
„Die dem Helikon entfließt.
„Doch, o Muse! kehrst Du wieder
„Freundlich grüßend bei mir ein,
„Laß' des Herzens reine Lieder,
„Meiner Liebe Kunde sein!"

Zweiter Auftritt.

Hilmar. Gräfin Ada Lyr.

Gräfin (die schon zu Ende des Selbstgespräches in der Mittelthüre erschienen ist und da horchend stehen blieb, tritt nun vor und legt ihre Hand auf das beschriebene Blatt).

Ertappt!

Hilmar (betroffen aufstehend).

Frau Gräfin!

Gräfin (hält das Blatt triumphirend in die Höhe).

Diesmal bin ich denn doch Ihrer scheuen Muse zuvorgekommen, indem ich ihre geistigen Fußtapfen belauscht habe. Jetzt gilt kein Entrinnen, kein Erröthen mehr, das Blatt ist in meinen Händen!

Hilmar (bestürzt).

Was wollen Sie nur damit beginnen, Gräfin?

Gräfin (mit liebenswürdiger Koketterie).

Es jede Nacht unter mein Kopfkissen legen — das gibt holde Träume, habe ich sagen hören.

Hilmar (beunruhigt).

Nein gewiß, Gräfin, mir liegt daran die Verse zurück zu bekommen.

Gräfin.

Und mir, sie zu behalten.

Hilmar.

Ich muß sie wieder haben!

Gräfin.

Um sie mir nächster Tage in Sammt und Gold gepreßt feierlichst zu überreichen? Nicht doch. Diese Arabesken des guten Tons sind mir schon längst verleidet. Weg damit! Die Gabe wird dadurch nicht werthvoller, das Versmaß nicht melodischer, die Tendenz nicht schmeichelhafter!

Hilmar.

Aber . . .

Gräfin.

Was soll der Einwurf, Waldsee? (ihn kokett ansehend) Wird es Ihnen denn gar so schwer mir ein kleines Vergnügen zu bereiten?

Hilmar.

Sie foltern mich, Gräfin!

Gräfin.

Foltern? ha! ha! ha! Was für melodramatische Epitheta Sie wählen! Foltern! Ich wüßte wahrhaftig nicht wozu und weswegen? Ja, wenn ich Geständnisse zu erpressen hätte?

Hilmar (einfallend).

Ich hab' Ihnen Eines freiwillig aufzuknöpfen.

Gräfin.

So feierlich mit Eins?

Hilmar.

Und zwar auf die Gefahr hin, Sie tief zu verletzen.

Gräfin (lacht).

Ei nu!

Hilmar (verletzt).

Frau Gräfin!

Gräfin (mit affektirt gesenktem Blick und langsamer Betonung).

Sagen Sie es immerhin, Waldsee — daß Sie mich lieben.

Hilmar (betroffen).

Ha!

Gräfin.

Ich will es für ein galantes Märchen halten, das man oft durchblättert und mit allem Interesse liest, obzwar man recht gut weiß, daß es nur ein Märchen ist!

Hilmar.

Ein Irrthum, Gräfin!

Gräfin (entfärbt sich).

Irrthum?

Hilmar.

Das war es nicht, was ich Ihnen eröffnen wollte.

Gräfin (die sich gesammelt hat, sagt jetzt hochmüthig).

Das Wagniß wäre zu groß gewesen, nicht so? Uebrigens scheinen für Sie die Salonparquetten noch immer ein gefrorner Teich zu sein, dessen glatter Boden sie ängstigt. (Boshaft) Sie bedürfen der Schlittschuhe, lieber Waldsee, ich werde Ihnen welche offeriren.

Hilmar (sarkastisch).

Damit gedulden wir uns vorerst bis zum Winter. (Mit Beziehung) Oder glauben die Gräfin etwa, weil eben jetzt der erste Frost fiel, so sei auch schon der Herbst vorüber?

Gräfin (für sich).

Er thaut geistig auf!

Hilmar.

Doch Sie mahnen mich zur rechten Zeit, Gräfin, Ihnen ganz ehrlich zu sagen, daß diese Verse bereits vergeben sind, und zwar an ein Mädchen von bürgerlicher Abkunft, aber voll adeligem Sinn, dem ich sie, ehe ich mein Heimathdorf verließ, in Liebe zugeeignet habe. (Die Gräfin zuckt leise zusammen.) Es ist somit fremdes Eigenthum, was Sie da in Händen halten.

Gräfin (das Blatt senkend).

Sie — lieben, Waldsee?

Hilmar.

Ja, Gräfin. Ich liebe das Mädchen schon seit fünf Jahren.

Gräfin (müde lächelnd).

Das ist ein Anderes. Ich, ich wußte nicht, daß Sie Ihr Herz schon vergeben haben — da, da sind die Verse! (Sie reicht ihm das Blatt mit zitternder Hand.)

Hilmar (betroffen).

Gräfin!

Gräfin (in krankhafter Erregung).
So nehmen Sie!

Hilmar.
Ihre Hände zittern, Gräfin! (Er nimmt das Blatt, indem er ihr dabei forschend in's Auge blickt).

Gräfin (sich zum Gehen wendend).
Unsinn!

Hilmar.
Ihre Hand hat gezittert, Gräfin.

Gräfin.
Nerven!

Hilmar (drängend).
Nerven? Blos in Folge erregter Nerven?

Gräfin (sieht ihn groß an).
Was sonst? — Vor Schmerz doch nicht?.. (Sie eilt ab, durch die Mittelthüre.)

Dritter Auftritt.
Hilmar (allein).

Hilmar.
Was war das? Mir schwindelt! Ist's Täuschung, Blendwerk meiner Sinne, oder darf ich mir's gestehen, mit wonnigem Schauer gestehen — daß sie mich liebt? O, schon der bloße Gedanke überwältigt mich, die beseligende Gewißheit aber will ich von heute ab wie ein Echo nachüben und mich daran festklammern, wie an eine schwindende Hoffnung, denn dieses schimmernde

Glück darf mir nicht verloren gehen! (Berauscht) Sie liebt mich! — Sie liebt mich! (Er versinkt in Gedanken.)

Vierter Auftritt.

Hilmar. Oberförster Waldsee.

Oberförster (zur Mittelthüre herein, legt seine rechte Hand auf Hilmar's Schulter).

Guten Tag, mein Sohn.

Hilmar (aufgeschreckt).

Was gibt's? Ah, Ihr seid's, Vater? Ihr?

Oberförster.

Bin nur ich's. Hab' Dich wohl aus süßen Träumereien gestört, die Dich hinab in die Schmiede versetzten, in Christa's traute Stube?

Hilmar (beklommen).

Vater!

Oberförster (ihn betroffen anblickend).

So frostig?

Hilmar.

Ich bin verstimmt, daß ich es nur gestehe.

Oberförster.

Hieran mag wohl die Gräfin Hochnase Schuld sein, die eben vorhin flammend an mir vorüberrauschte?

Hilmar.

Nicht doch.

Oberförster.

Die Gräfin hat Dich verletzt, Dich irgendwie gedemüthigt? Sag's frei heraus, Hilmar.

Hilmar.

Wo denkst Du nur hin, Vater!

Oberförster.

Nu, 's wär eben nicht das erste Mal, daß die hochgeborne, ahnenstolze Dame das Ehrgefühl eines Niedergeborenen auf's Empfindsamste verwundet hätte.

Hilmar.

Da kennst Du sie schlecht.

Oberförster.

Ei, von mir kann da nicht die Rede sein, allein ihr Hochmuthsteufel ist in der kurzen Zeit ihres Hierseins gegendkundig geworden, und im Dorfe unten werden oft Stimmen laut, die eben nicht zu ihren Gunsten sprechen

Hilmar (höhnisch lächelnd).

Im Dorfe unten? Damit meinst Du wohl die Schenke, Vater, und was dort verhandelt wird? Ei, um sich bei diesen Leuten beliebt zu machen, muß man immer in ihrer Mitte gelebt haben und darf den Dorfzaun niemals überschreiten. Außer ihren Kreisen geboren sein, gilt in ihren Augen für das gröbste Unrecht — das schlimmste Vergehen!

Oberförster (auflodernd).

So. Das also sind Deine Ansichten, das Deine Meinung über's Volk, unser deutsches Volk, dessen gesundes Urtheil, dessen richtiger Blick Dich überzeugen, der Gedanke aber ihm anzugehören — begeistern müßte! Steht es so mit Dir, dann fahre hin! Bleibe ein Fremdling in Kreisen, die sich nur Eingebornen öffnen, und lebe einsam und unverstanden, wo Du unter uns in gesunder Kraft und frischer Thätigkeit — glücklich geworden wärst!

      Hilmar (beklommen).

Vater!

      Oberförster (seufzend).

Wärst Du unter uns geblieben, Hilmar, Du wärst ein Anderer geworden!

     Hilmar (vor sich hinstarrend).

Das will mir fast selber scheinen!

      Oberförster.

O, kehr' zurück, mein lieber Sohn! Laß diese Zwitterstellung, die Deine besten Kräfte nur zersplittert und Dir auf die Dauer unmöglich behagen kann. Komm' in mein Forsthaus zurück, mische Dich wieder unter Deinesgleichen und lerne einsehen, daß man unter uns an Leib und Seele gesundet und reichlichen Ersatz findet für jeglichen Flitter der Eitelkeit!

   Hilmar (steht wie in Gedanken verloren).

      Oberförster.

Geh', komm! Laß Dich überreden. Dem Freiherrn ist's bald eröffnet, er kann Dich mir nimmer länger vorenthalten. (Ihn am Arme fassend) Komm, mein Sohn, gehen wir.

     Hilmar (wie aufwachend).

Wohin?

Oberförster.

Zum Freiherrn.

Hilmar (traumverloren).

Ich dachte zur Gräfin!

Oberförster (betroffen).

Zur Gräfin?

Hilmar (wie oben).

Daß sie mir ihre Liebe nun unverhohlen gestehen wolle!..

Oberförster (faßt ihn am Arme).

Was kömmt Dir an, mein Sohn? Was sprichst Du da für tolles, wirres Zeug?

Hilmar (zu sich kommend).

Ach, vergebt, Vater! Ich war eben anderswo, und da —

Oberförster (einfallend).

Nicht weiter. (Ihn scharf fixirend) Liebst Du die Gräfin?

Hilmar (bestürzt).

Mein Vater!

Oberförster.

Liebst Du sie?

Hilmar (wie oben).

Was soll nur die Frage?

Oberförster.

Du hast recht. Die Frage ist unzeitig, denn die bloße Muthmaßung, daß Du eine Andere als Christa lieben und so den heiligen Bund Deines innersten Bewußtseins brechen könntest, ist ein bitt'res Unrecht, das ich Dir hiemit abbitte. (Er fährt sich mit der Hand über die Stirne) Mein Blut ist heut' wieder einmal in Wallung, und da nehmen meine Worte und Reden gerne Reißaus, wie ein paar scheugewordene Pferde! Mußt mich deshalb schon entschuldigen.

Hilmar.

Ihr beschämt mich, Vater!

Oberförster.

Du willst also Deine jetzige Stellung nicht verlassen, willst hier müßig leben, wo Du unter uns wirken und schaffen könntest?

Hilmar.

Es würde mir ein Opfer, ein großes Opfer kosten, das Schloß zu verlassen.

Oberförster.

Dann bleibe immerhin!

Hilmar.

Ihr seid erzürnt, mein Vater?

Oberförster.

Du gehst einen fremden Weg, auf den ich Dir nicht folgen kann, und — doch still, da kömmt der Freiherr

Fünfter Auftritt.

Die Vorigen. Der Freiherr auf Düstereiche.

Freiherr (aus der Seitenthüre links).

Guten Tag Euch Beiden! Hab' Eure Baßstimme sogleich erkannt, Waldsee.

Oberförster.

Wir waren etwas laut.

Freiherr.

Das wollt' ich hiemit nicht gesagt haben, indessen verlangt es mich zu wissen, was Euch heute wieder einmal auf's Schloß bringt? (Er setzt sich) Wer sich so selten macht wie Ihr, Alter, muß sich diese Rüge schon gefallen lassen.

Oberförster.

Ich komme von wegen dem gestrigen Gewitter, das abermals an vierzehn Bäume entwurzelt hat.

Freiherr.

Nu, nach einer so grausen Nacht stand schon zu erwarten, daß der Sturm den Zimmermannsdienst gut versehen, und in so manchen gesunden Stamm seine Art einschlagen werde. Noch so ein Wettern und unser Durchforsten hat ein Ende. (Theilnehmend) Der Verlust geht Euch nahe, wie?

Oberförster.

Das Jägerherz leidet darunter, indessen wer lange lebt muß sich schon auf allerlei Verluste gefaßt machen, Excellenz.

Freiherr.
Ein trauriger Erfahrungssatz, den Ihr da aussprecht, der den einsam Lebenden am empfindlichsten trifft. Sagt mir doch nur, Alter wo Ihr alle Abende unterkriecht?

Oberförster.
Ein paar Mal in der Woche spreche ich in der Dorfschmiede ein, sonst bin ich zu Hause.

Freiherr.
In der Schmiede also? Seltsam! Nun lebe ich doch schon sechs Sommer über hier auf Düstereiche, ohne mir dieselbe besehen zu haben, und hab' doch schon so viel Gutes über den Schmied erzählen gehört, der in der ganzen Gegend ob seiner Biederkeit als Orakel gilt.

Oberförster.
Das ist er auch, Excellenz. Ein kreuzbraver, verständiger Mann, wie man weit und breit keinen bessern findet.

Freiherr.
Es soll ja auch ein niedliches Töchterchen da sein?

Oberförster.
Ganz recht, Excellenz. Das Mädchen ist sein einzig Kind und soll, so Gott will, Hilmar's Weib werden.

Freiherr (erstaunt).
Das Weib Eures Sohnes?

Oberförster.
Sie lieben sich schon seit fünf Jahren.

Freiherr.

Und mir hat er das süße Geheimniß ganz und gar verschwiegen. Nu, jetzt bleibt mir schon nichts Anderes übrig, als mich demnächst hinab in die Schmiede zu verfügen und die Dorfschöne fest in's Auge zu nehmen, wär's auch nur um Deinen Geschmack zu prüfen, Duckmäuser! (Schwer seufzend) Ich verliere am meisten hiebei, denn Dein lieber Anblick, Hilmar, ist mir zur rücktönenden Melodie geworden, und ließ mich oft die trübe Wahrheit vergessen, daß mein einziger Sohn in der Schloßkapelle begraben liegt!

Hilmar.

Diese Heirath würde mich aber durchaus nicht bewegen, meine jetzige Stellung aufzugeben, vorausgesetzt, daß Excellenz mich ferner um sich behalten wollen?

Freiherr (erfreut aufstehend).

In Wahrheit? Nu, desto besser, so bleibt Alles im alten Geleise und Du auch fürderhin mein Augentrost! (Zum Oberförster) Ihr habt doch nichts dagegen, Alter, weil Ihr so finster schaut? Oder wünscht Ihr etwa das junge Paar hinab in Eure Waldeinsamkeit?

Oberförster.

Mein Wünschen, Excellenz, ist hier umzäunt, denn aus freien Stücken käme mein Sohn doch nie hinab zu mir, und erzwingen läßt sich so was nicht

Freiherr (seine Hand auf des Oberförsters Schulter legend).

Es mag sich einsam leben in Eurer Stube unten? (Theilnahmsvoll) Auch Ihr seid viel allein, Waldsee — auch Ihr nicht glücklich?

Oberförster (düster).

Wer ist es wohl?

Freiherr (der sich allmälig in düstere Gedanken verliert).

So hat denn Jeder von uns einen wunden Fleck in seinem Leben, eine Grabstätte, zu der er wallfahrtet — eine geheime Schuld, die er gerne tilgen möchte! Aber wie selten gelangt man hiezu, und wie oft muß dann Reue das ersetzen, was Wort und That nimmer aus gleichen konnten! Dadurch aber werden unsere Gewissensbisse immer lauter und dabei unsere Lebensgeister einzeln ausgelöscht, wie im Dorfe unten die Lichter — nach dem Abendläuten!..

Oberförster.

Excellenz!

Freiherr (faßt den alten Waldsee bei der Hand, führt ihn in den Vordergrund und fährt unheimlich flüsternd, gleichsam phantasirend fort).

Oh, so eine geheime Schuld ist ein nimmermüder Wanderer, der Dich sonder Rast durch's ganze Leben jagt, die verblichenen Freskobilder der Vergangenheit mit unsichtbaren Pinselstrichen immer wieder auffrischt, und Dir zuletzt allen Schlaf vom Kissen scheucht! O, über die einsamen Nachtstunden! Kein Mensch ahnt, was ich da Alles erdulde, wie ich mir oft kaum zu rathen weiß und nur schnell mitten in der Nacht alle Kerzen und Kronleuchter anzünde, um dem zögernden Tag nachzuhelfen und die Finsterniß aus meinem Schlafgemach zu bannen! O, das sind martervolle Nächte, die mich immer wieder nach Grafenried versetzen und ihr blasses Bild als Gewissensmahnung vor die bewegte Seele bringen!

Oberförster (der mit peinlichem Antheil zuhörte, rüttelt den Freiherrn am Arme).

Excellenz!

Freiherr (wie aufwachend).
Was gibt's?

Oberförster.
Verzeiht, Ihr habt eben etwas laut geträumt —

Freiherr (ihm in's Wort fallend).
Und weil ich da sicherlich viel trüben Unsinn durcheinander gesprochen habe, wart Ihr so rechtschaffen mich zu wecken. (Reicht ihm die Hand) Ich dank' Euch, Waldsee. Und schiebt einen Riegel vor das Gehörte, wie es Euer Hilmar auch schon oft gethan, wenn mich diese Momente des Tiefsinns, wie vom Gewissen entsandte Schaarwachen plötzlich überfielen und wehrlos machten. Ein Laut, ein fallendes Blatt weckt oft Erinnerungen in mir, die besser verscharrt blieben!

Oberförster.

Das geht uns nicht besser, Excellenz. (Aufbrechend) Doch es wird Mittag und ein Gewitter steht neuerdings am Himmel, da will ich eilen. Ist mir doch stets, wenn ich während so einem Wetter im Walde bin, als wagte sich da der Sturm weniger an meine Bäume.

Freiherr.

Gott mit Euch, wackerer Hüter meines Waldreviers, und kommt bald wieder, aber aus freiem Antrieb, nicht etwa wie heute im trockenen Pflichtgefühl.

Oberförster.

Ich will der Rüge eingedenk bleiben, Excellenz. (Zu Hilmar) Leb' wohl, mein Sohn!

Hilmar.

Auf morgen, Vater.

(Der Oberförster ab durch die Mitte.)

Freiherr (nach einer kleinen Pause, zu Hilmar).

Bräutigam also? Wie gesagt, die Kunde hat mich überrascht. Auch meine Nichte Ada Lyr wird darüber staunen, ja, wie ich sie kenne, dürfte dies Ereigniß ihrer Wanderlust den letzten Aufschwung geben und sie so wieder in Kreise zurückführen, die ihr jedenfalls besser behagen werden, als unsere abgezäunte Sphäre hier am Schlosse. Du indessen, Hilmar, theilst sie mit mir auch fürderhin. Daraus entnehme ich, daß Du nicht allein die Züge meines Sohnes trägst, sondern auch seine Gesinnungen für mich nährst. O! so was labt und thut dem wunden Herzen wohl, wie wenn mit Eins auf fremdem Boden das Alphorn der heimathlichen Berge erklänge, und uns die fernen Grüße unserer Lieben mit herüberbrächte! Habe nochmals Dank, mein Hilmar. Das hat mich wunderbar erquickt! (Langsam ab in die linke Seitenthür).

Sechster Auftritt.

Hilmar (allein).

Hilmar (dem Freiherrn nachsehend).

Wüßtet Ihr, daß ich nicht aus kindlicher Liebe zu Euch, sondern blos der schönen Gräfin wegen hier verbleibe, Ihr kehrtet ganz anders in Euer Zimmer zurück! (Ausbrechend) O! Christa, Christa! Warum bist Du jetzt nicht bei mir? Ein Blick in Deine stillen, seelenklaren Augen müßte mich aufrichten und den Zwiespalt meines Herzens milde aussöhnen, denn nur Du übst jenen holden Zauber auf mich aus, der mich in alle Himmel hebt. (Grübelnd) Nur Du, nur Du allein? O, auch sie, auch sie! Darum fort, eiligst fort, hinab in die Schmiede. Da unten schweigen die Sinne, wo jede Empfindung zum Gebet wird! (Er will abeilen).

Siebenter Auftritt.

Hilmar. Ein Diener der Gräfin.

Diener (zur Mittelthüre herein).

Ihre Erlaucht, die Frau Gräfin läßt den Herrn Sekretär ersuchen, sich alsogleich in ihre Gemächer zu verfügen.

Hilmar (bestürzt).

Jetzt, gerade jetzt? (Sich sammelnd, zum Diener) Ich werde kommen. (Diener mit Verbeugung ab.) Weiß Gott, die Versuchung ist zu groß, und umschlingt mich wie ein weißer Arm. Ein Dämon ist's, der mich lockt. Ein holdbestrickender, sündhaftschöner Dämon. Ich fühl's, und folg' ihm dennoch bis zur Hölle — der Himmel ist mir für heute denn doch versagt! (Schnell ab durch die Mitte).

Achter Auftritt.

Verwandlung der Scene.

Prächtiges Erkergemach der Gräfin Ada Lyr. Rechts ein hohes Balkonfenster. Links ein Sopha mit Armstühlen. Eine Mittel= und Seitenthüre.

Gräfin Ada Lyr (allein).

Gräfin (tritt sinnend aus der Seitenthüre).

Er liebt also?.. Der Gedanke thut mir weh. Liebt eine Andere als mich, und ich täuschte mich hierin, erröthete sogar vor ihm. Ha! diese Beschämung ertrage ich nicht! Ich bin ja doch mit Eins nicht alt und häßlich geworden, daß man meinetwegen nimmer eine Idylle in die Flucht des Vergessens jagen könnte? O! Du sollst noch für mich glühen, Waldsee, und wär' es blos der Bürgerdirne zum Trotz, dem schlichten Mädchen „voll adeligem Sinn", für die er gar so lyrisch weich empfindet. Dies süße Vorrecht soll sie mir bitter büßen und sich seines Besitzes nimmer länger freuen, denn ich will geliebt, von ihm geliebt sein, und koste es mein Leben — den Glanz selbst meiner Ahnen! Doch horch! Es widerhallen Tritte im Korridor? Das ist sein Gang — Ruhe! (Sie setzt sich auf's Sopha.)

Neunter Auftritt.
Die Gräfin. Hilmar.

Hilmar (zur Mittelthüre herein).
Frau Gräfin ließen mich her bescheiden?

Gräfin (mit leidend erkünsteltem Tone).
Sie sollen mir mein Testament aufsetzen, Waldsee.

Hilmar (überrascht).
Ihr Testament? Sie scherzen.

Gräfin (wie oben).
Nicht doch. Ich spreche trüben Ernst.

Hilmar.
Das hieße im Lenze herbsten wollen und zur Sommerzeit den Blumen das Blühen untersagen, weil es im Winter Frost und Schnee gibt. So ein letzter Wille, Gräfin, ist stets ein Sendschreiben an den Tod, wodurch wir jeglichen Anspruch an das Leben freiwillig aufgeben und uns von da ab nur mehr als Abgeschiedene betrachten müssen, die der erste Hahnenschrei in's Grab rufen kann!

Gräfin (mit erkünstelter Resignation).

Sie sprechen mir von Ansprüchen, Waldsee, auf die ich seit heute Morgen gänzlich verzichtet habe. Diese vergoldeten Kettenglieder und schimmernden Ringe, die mich bisher an das Leben festbanden, sind nunmehr einzeln von mir abgesprungen; mit ihnen ging auch die Basis meines Lebens — mein Selbstvertrauen verloren. Ich kann demnach dem hagern Abgesandten der Ewigkeit getrost das offene Sendschreiben schicken! (Sie ist aufgestanden.)

(Es donnert in der Ferne).

Hilmar.

Sie schwärmen, Gräfin!

Gräfin.

Nicht doch! (Sie tritt näher zu ihm und sagt feierlich) Ein Weib, für das der Sänger kein Lied, die Leier keine tönende Saite, das Herz keine Schläge, der Dichter keine Begeisterung mehr hat, ein solches Weib soll sterben, denn ihre Zeit ist ausgelöscht wie ein Licht im Windzuge!

Hilmar.

Sie freveln an sich selbst, Gräfin!

Gräfin (macht eine abwehrende Handbewegung).

Ich bin mir zu klar bewußt, daß ich kein Recht, keine Forderung mehr an das Leben habe, denn — ich bin ein solches Weib!

Hilmar (rasch einfallend).

Nicht weiter!

Gräfin (mit erheuchelter Milde).

Darum bitte ich Sie auch nur mehr um Eines, Waldsee: nennen Sie mir das Mädchen, dem Sie jene Verse liebend weihten, die ich in einem thörichten, aber göttlichschönen Wahn für ein Geschenk von Ihnen hielt. Nennen Sie mir ihren Namen, Waldsee, auf daß sie fürderhin auch meine Muse werde! (Mit glühender Ueberredung) Und damit ich von dieser schmerzlichsüßen Stunde ein Gedenkzeichen behalte, schenken Sie mir jenes Blatt mit den Versen. Ich will es niemals an meine Lippen bringen und es nur als sterbendes Lächeln meines Glücks betrachten! (Sie sieht ihn liebeschmachtend an) Das können Sie mir nicht versagen, Hilmar!

(Nahe Donnerschläge.)

Hilmar (mächtigbewegt).

Das Mädchen ist die Schmiedstochter vom Dorfe unten: Christa Frohner.

Gräfin (hastigleise).

Und das Blatt, die Verse..?

Hilmar (wie oben, zieht das Blatt hervor und reicht es ihr).

Sind hier.

(Es donnert.)

Gräfin (nimmt es und steckt es zu sich).

Auch Ihre Hände zittern jetzt wie zuvor die meinigen und in ihrem Auge thaut eine Thräne. Ach! um sie wegzuküssen mangelt mir das Recht, nur Sie könnten mir es geben, doch Sie — Sie lieben eine Andere!

Hilmar (gepreßt).

Gräfin! (Bei Seite) Sinnlich schwül umweht es mich!

Gräfin (schwärmerisch, gleichsam phantasirend).

Ach! Es muß doch schön sein geliebt zu werden, göttlich schön an der Seite des Geliebten in seligem Selbstvergessen die keusche Wonne des Himmels und die süße Lust der Erde zu kosten, sich mit unsichtbaren Flugfedern vereint in's dämmernde Märchenland der Träume aufzuschwingen um dabei in liebendem Entzücken ineinander völlig aufzugehen! (Glühend) Da mag Einem Gottes Athem durchwehen und jede irdische Sorge wie der abgehauchte Laut einer Harfe leise verhallen! O, wie muß das herrlich, göttlich sein — und mich Unglückselige hat noch Niemand geliebt! (Sie sinkt auf's Sopha und verhüllt ihr Gesicht.)

Hilmar (dessen Bewegung immer mächtiger wurde, leiden=
schaftlich ausbrechend).

Sie sind's, Adamine, Sie sind geliebt — so wahr ein Gott im Himmel lebt! (Er stürzt ihr wie berauscht zu Füßen).

Der Blitz schlägt im Thale ein.

Gräfin (aufjauchzend).

Bin ich's?

Hilmar (durch den Gewitterschlag wie von einer Ahnung erfaßt, aufspringend und entsetzt aufrufend).

Weh mir! Das galt der Schmiede! (Er stürzt an's Balkonfenster, das schon von der Feuerröthe beleuchtet ist).

Gräfin (ihm nacheilend).

Hilmar!

Hilmar (am Fenster).

O! Ich habe recht geahnt. Die Schmiede brennt! Ich muß hinab! (Er will abstürzen.)

Gräfin (ihm den Weg vertretend).

Wohin?

Hilmar.

Hinab, zu ihr!

Gräfin (ihn starr anschauend).

Zu wem?

Hilmar (der wie gebannt steht).

Erbarmen, Gräfin. Erbarmen! Die Pflicht ruft mich hinab!

Gräfin (glühend).

Und die Liebe heißt Dich bleiben!

Hilmar (wie oben).

Adamine!

Gräfin (in gebietender Stellung, ihn mit verschleierten Augen anlächelnd).

Wähle!

Hilmar (verwirrt, vor sich hin).

Ein Gomorrha in Flammen glüht in meiner Brust! Ich ersticke! (Er stürzt ihr nach einem sichtbaren Kampfe überwältigt zu Füßen) Widerstehe wer da kann — ich vermag es nicht!

Gräfin (dämonisch-lächelnd und dabei tief aufathmend, für sich).

Es gelang! (Sie beugt sich über ihn und sagt wie verschmachtend) Trinke alle Düfte meiner Seele, Du blonder, prüder Traum! Ich gehöre Dir — ganz Dir!...

Das Gewitter vergrollt in der Ferne.

Der Vorhang fällt rasch.

Dritter Aufzug.

Hausflur der Schmiede wie im ersten Aufzuge. Statt der Linde ein verkohlter Baumstrunk. Sonnenuntergang.

Erster Auftritt.
Christa. Dorothea.

Dorothea (aus der Schmiede tretend).

Magst Du nicht hineinkommen, das Abendbrod nehmen?

Christa (sitzt in Gedanken verloren, im Vordergrunde).

Sagtet Ihr was, Muhme?

Dorothea.

Ueber die Harthörige! Du träumst Dich noch krank, Christa. Mußt Acht haben!

Christa.

Ach, seitdem uns der Blitz die Linde erschlagen, bin ich wie umgewandelt und meine immer, es müsse mir was begegnen.

Dorothea.

Bist so verzagt geworden?

Christa.

Man muß wohl ängstlich werden, wenn man sieht, wie Alles, das Beste selbst, vergehen kann! (Sie senkt den Kopf wie eindrucksschwer und blickt vor sich hin.)

4*

Dorothea.

Mit dem hat es gerade die allergrößte Eile. Das kann' ich Dir jetzt schon jahrelang zu, hast mir's aber trotzdem nie recht glauben wollen — nun liegt's aufgeschreint vor Dir!

Christa.

Und schmerzt mich bis in die innerste Seel' hinein!

Dorothea.

Ja. (Trübsinnig) So was mahnt stets an's Verlieren und thut weh, bitter weh. (Mit einer scharfen Wendung) An den Försters Sohn hast Du nebstbei wohl auch gedacht, gelt?

Christa (erbleichend und vom Sitze aufspringend). Muhme!..

Dorothea.

Dem herzlosen Burschen, der sich's vom Söller bequem mitansehen mochte, wie lichterloh es um die Schmiede flammte, und in diesem neuen Anblick versunken, ganz und gar vergaß, daß da unten sein Liebchen mit Haus und Hof verbrennen könne!

Christa.

Habt Erbarmen, Muhme!

Dorothea.

Der Martin wäre verkohlt für Dich und seine Liebe, den ließest Du aber gehen, fortziehen in die Fremde — um dieses Buben willen!

Christa (flammend, mit über die Brust gekreuzten Armen).

Scheltet mir ihn nicht, ich lieb' ihn ja!...

Dorothea (trübsinnig einfallend).

Und den Geliebten antasten, heißt unser Herz wund schleifen und an's Marterholz schlagen. Du hast Recht, Christa. Ich will rückwärts schauen und stille halten, denn die Empfindungen, die jetzt in Deinem Innern wie wehende Trauerflöre auf und niederwallen, haben die Weihe des Schmerzes für sich und gebieten Ehrfurcht, wo man ihnen begegnet! (Mit einem trüben Lächeln) Es sind das alte Bekannte, die mir mit ihren Geisterlippen immer wieder den Willkommgruß zulispeln und mich öfters heimsuchen, weil sie mich gut leiden mögen, noch von früher her. Daß sie aber auch in Dein Inneres gezogen sind, dafür kann ich nichts und hätt' ich's abwenden können, so wär's gewiß geschehen. (Weich, fast zärtlich) Ich bin Dir ja von Herzen gut.

Christa.

Wirklich? Seid Ihr das? Ach, so ein Wort aus Eurem Munde thut wohl. (Ihre Hand ergreifend) Zum Dank hiefür will ich Euch meinen Traum von heute Nacht anvertrauen.

Dorothea.

Was hast' denn geträumt?

Christa.

Es ist sehr bös und läßt mir keine Ruh. (Erzählend) Der Hilmar war Oberförster und ganz so zärtlich wie

sonst gewesen, als er mit einem Male unter'm Mantel
eine Baumart hervorholte, wie der Henker sein Beil, um
sie — in die Linde einzuschlagen. Eine hohe, schöne Frau
stand ihm zur Seite, glänzend wie die Heilige Cäcilia in
der Dorfkapelle unten. „Die hat's begehrt," so lief's
Gemurmel ringsherum.. Mich fröstelte. Da hieb er in
den Baum, der ächzend fiel. Die Umstehenden wurden
mit Schreck gewahr, daß helles Blut der Linde entquoll
— und das war mein Blut gewesen! Ich wurde immer
schwächer und schwächer im Traum, denn mir war, als
wären alle Adern offen. Und so sank ich zuletzt am blut-
getränkten Boden hin, aus dem flugs ein Beet giftiger
Blumen aufschoß, Blumen, die sich jene schöne Frau zu
einer Krone wand und auf's Haupt setzte, indem sie
höhnisch lächelnd — Hilmar's Verse dazu sang!

Dorothea.

Du armes Christel!

Christa.

O, der böse Traum lastet auf mir und drückt mich
völlig nieder! So muß wohl eine himmelschreiende
Sünde am Gewissen des Verbrechers lasten und ihn
scheu und flüchtig in die weite Welt hinausjagen. O!
ich möchte mir das grause Bild aus dem Gedächtniß
schütteln, wie den Kissenflaum früh Morgens aus den
Haaren, nur um wieder aufzuathmen, denn so halte
ich's nimmer länger aus. Liebe Muhme, sagt mir ein
Mittel an, wie man diese Peiniger verdrängt und
durch was?

Dorothea (ernst).

Durch den Hinblick auf Gott, habe ich schon vielfach sagen hören und weil das lauter fromme Leute waren, die mir dereinst in ähnlicher Lage diesen Rath ertheilten, den ich leider nie befolgte, so will ich mein Unrecht dadurch in Etwas abbüßen, indem ich Dir jetzt die stille Weisung gebe: mit kindlichem Vertrauen zu Demjenigen zu flüchten, der unser Aller Vater ist!

Christa (ausbrechend).

O, daß ich ihn bei der Hand nehmen und ihm's sagen könnte, wie unglücklich ich bin!

Dorothea (sieht in die Scene).

Faß' Dich jetzt, Christa. Ich seh' den Vater kommen, der darf Dein kummerbleiches Gesicht nicht sehen, das würde ihn zu empfindlich treffen.

Christa (sich mühsam sammelnd).

Ihr habt recht, Muhme. Der Vater soll nichts merken.

Dorothea.

Ich lasse Dich allein mit ihm und gehe hinauf in meine Kammer, mir wieder einmal die welken Blumen besehen. Ich weiß nicht, aber es umweht mich heute wie stilles Ahnen, und ich fühle mich eigenthümlich bewegt. So war's sonst — in glücklichen Tagen, wenn der Geliebte kam, und ein beseligendes Gefühl für mich. Jetzt, freilich, bekömmt diese Empfindung eine andere Deutung und höhnt mich blos als das Echo abgeschiedener Freuden! (Küßt Christa auf die Stirne) Der Anblick meiner verblichenen Blumensträuße wird mich vielleicht zur Andacht stimmen, und sollte mir ein Vaterunser beifallen, so will ich's für Dich beten, armes Kind! (Langsam ab, den Treppenaufgang hinan.)

Zweiter Auftritt.
Christa (allein).

Christa.

Die gute Muhme! Ihr Herz ist besser als sie's zeigt und mir verwandt in vielen Dingen. Ich habe ihr ein bittres Unrecht angethan, als ich sie für kalt und böse hielt — will ihr aber auch dafür von nun an mit aller Lieb' begegnen. (Sie sieht nach rückwärts) Der schöne Sonnenuntergang! Die Sonne blüht eben ab wie eine Rose im Spätherbst und ist bald ganz unten. Ach! heute, fürchte ich, hat sie meinen innern Frieden mit fortgenommen, (sie faltet die Hände wie zum Gebet) möge sie mir ihn morgen unversehrt wieder bringen! — Doch faß Dich, Christa, und schweig mir still, Du pochend Weh, (sie hält ihr Herz) da kömmt der Vater und der darf und soll Deine lauten Schläge nicht vernehmen.

Dritter Auftritt.
Christa. Meister Frohner (in Gedanken aus dem Hintergrunde).

Christa (ihm entgegen).

Guten Abend, Vater.

Meister Frohner.

Ei, grüß' Dich Gott, mein liebes Kind. Ich war so in Gedanken versunken, als ich in den Hausflur trat, daß mich Dein freundlicher Gruß beinahe erschreckt hat.

Christa.

Warst wohl im Wald gewesen, Vater?

Meister Frohner.

Ja. Ich wollte den alten Waldsee wieder einmal heimsuchen und ging deshalb bis hinauf zum Forsthaus. Ganz verschlossen fand ich's, blos eine Koppel Jagdhunde bellte mich an und ein lauter Krähenzug flog ober mir vorbei — sonst war Alles wie ausgestorben. Mir ist indessen recht leid den alten Freund nicht angetroffen zu haben, weil ich erst nach der Dunkelstunde herabkommen wollte — schon um die leere Stelle nicht zu sehen, an der bis gestern Mittags noch die alte Stammlinde gestanden hatte, der grüne Schirmvogt unserer Schmiede.

Christa.

Auch ich meide den verwaisten Platz und möchte immer was vorhängen, um mich selbst zu täuschen!

Meister Frohner (gerührt).

Du gutes Kind! Mußt Dir das Ding nicht gar so eng an's Herz legen und dabei sagen, daß es noch andere, herbere Verluste gibt, die auch ertragen sein wollen.

Christa (sich vergessend).

O, ich weiß, Vater!

Meister Frohner (sie betroffen ansehend).
Was weißt Du, Kind?

Christa.

Weiß, daß man hienieden nicht blos Bäume, sondern auch Menschen verlieren kann, Menschen, die man über alle Maßen liebt! (Da sie dem besorgten Blick ihres Vaters begegnet, ruhig einlenkend) Nu, hast Du mir denn nicht selbst davon erzählt — und hab' ich nicht meine Mutter verloren..?

Meister Frohner.

Gerade an sie dachte ich vorhin in stiller Trauer (Ablenkend) Doch zu etwas Froherem, Kind! (Sie auf die Schulter klopfend) Mußt wieder lustig werden, Christa, Deine Kehle wieder in die alte Bewegung bringen Sonst sangst Du ja stets so munter d'rein, wie eine Haidelerche am verschneiten Feld, und Deine Lieder, die flogen nur wie tönende Raketen ringsum die Schmiede herum, bis in den Wald hinein. Warum hat denn das mit einem Male ganz aufgehört? (Da Christa schweigt) Ich will nicht hoffen, daß der junge Waldsee auch hieran die Schuld trägt, sonst müßte ich dem flatterhaften Jungen ernstlich böse werden.

Christa (bestürzt einfallend).
Wo denkt Ihr nur hin, mein Vater?

Meister Frohner.

Dein frischer Gesang war's ja zumeist gewesen, der einiges Leben in die Schmiede brachte. Die Arbeit ging noch einmal so flink von der Hand, sowie Deine muntern Volksweisen in die Werkstatt herüberdrangen und uns von Deinem Frohsinn Kunde brachten. (Finster) Wenn mir dies aber auch noch entzogen wird, dann wahrhaftig — —

Christa (ihm ängstlich in's Wort fallend).

Ich weiß noch alle Lieder, Vater, und will Dir gerne eines anstimmen, wenn es Dir Freude macht.

Meister Frohner.

Mit dem müden Lächeln singen, daß hieße eine Leichenfackel mitten in einen Tanzsaal aufpflanzen, um die herabgebrannten Ballkerzen zu ersetzen! Nicht doch! Wem das Lied nicht ebenso frei aus der Kehle dringt, wie dem Vogel aus der Brust, der darf nicht singen. D'rum weg mit Deiner überflorten Heiterkeit, die mich's ja doch nicht glauben macht, daß Du froh und glücklich bist. Brich daher dies starre Schweigen, und —

Christa (die in peinlicher Verlegenheit dagestanden, sieht in die Scene und unterbricht ihn rasch.)

Seht, Vater, seht, wer da kömmt?

Meister Frohner.

Wo das?

Christa.

Herwärts durch den Wald.

Meister Frohner (die Hand als Blende gebrauchend).

Das kann nur der alte Freiherr sein ..

Christa (blaß vor Schreck, hinausstarrend).
Und die Frau, die mit ihm geht? Wer ist sie, Vater? Wer ist die blasse, schöne Frau?

Meister Frohner (wie oben).
Das wird wohl die freiherrliche Nichte, die verwittwete Gräfin aus der Residenz sein?

Christa (für sich, schaudernd).
Mein Traumbild von heute Nacht. Glänzend wie die heilige Cäcilia in der Dorfkapelle unten!

Meister Frohner.
Was hast Du nur, Christa? Dich schüttelst ja wie im Fieber? Bist Du krank?

Christa.
Mir ist wohl, ganz wohl, Vater! nur hat mich plötzlich eine Angst vor den hohen Gästen überfallen!

Meister Frohner.
Sei nicht thöricht, Kind, und sammle Dich! Uebrigens kann der Besuch uns gar nicht gelten, es wär' ja der erste seit sechs vollen Jahren.

Christa.
O, Ihr sollt sehen, sie kommen her.

Meister Frohner (hinausblickend).
Wahrhaftig, jetzt biegen sie um die Ecke. (Zu Christa) Nu, was ist denn mehr? Brauchst Dich vor Niemanden zu schämen, am allerwenigsten vor der — schimmernden Gräfin.

Christa (halb für sich).

Mir bangt vor ihr!

Vierter Auftritt.

Die Vorigen. Gräfin Ada Lyr am Arme des Freiherrn (kommen aus dem Hintergrunde).

Meister Frohner (die Mütze abnehmend, ihnen entgegen). Freiherrliche Gnaden!

Freiherr.

Bedeckt Euch, Alter. Ihr seid doch der Schmied?

Meister Frohner.

Der bin ich.

Freiherr.

Ich habe viel Rühmliches von Euch vernommen und Euere Bekanntschaft zu machen war schon längst mein Wunsch gewesen. Auch meine Nichte, die Gräfin, trug ein ganz besonderes Verlangen, einen flüchtigen Blick in Euren Haushalt zu werfen, schon um Euere Tochter kennen zu lernen.

Gräfin (Christa lorgnettirend).

Ist dies nicht die Kleine da?

Meister Frohner.

Zu Befehl, Frau Gräfin.

Freiherr (zum Schmied).

Ein liebes, holdes Mädchen! (Für sich) Der Junge hat Geschmack!

Gräfin (wie oben).

Ganz ein niedliches Geschöpf — wie von Wachs! (Mit verhaltenem Neide vor sich hin) Für eine arkadische Schäferin indessen viel zu dünn und mager! (Laut) Sonderbar! Ich dachte mir seither stets unter einem Landmädchen ein gesundes, robustes Ding, mit rothen Backen, runden Hüften und einem lustigen Lächeln, finde aber hingegen eine blasse, schüchterne Ophelia, die gesenkten Hauptes ihren Hamlet erwartet. Pardieu! Das nenn' ich sich täuschen! (Sich rasch zum Freiherrn wendend) Was sagst Du, Onkel, meint man nicht, wenn man sie so geisterbleich dastehen sieht, der Vollmond müsse hinter ihr aufgehen und sie magisch beleuchten?

Freiherr.

Ueber die Enthusiastin! (Leise zu ihr) Du setzest ja das arme Kind in die peinlichste Verlegenheit mit Deinen schwärmerischen Vergleichen!

Gräfin (deren Blick unausgesetzt auf Christa ruht).

Huh! Welche Wangenlohe! Nicht doch, Christa, so war es nicht gemeint!

Christa (betroffen).

Christa?

Gräfin.

Nimmt es Dich Wunder, daß ich Deinen Namen weiß? Ei, der wurde mir gestern anvertraut mit vielen andern, süßen Dingen, die ich Dir Alle eröffnen will.

Christa.
Mir?

Freiherr.
Da dürfen wir nicht stören. (Zu Frohner) Derweil hier also Geheimnisse mitgetheilt und Botschaften ausgetauscht werden, machen wir einen Rundgang um die Schmiede. Ist es Euch genehm, Alter?

Meister Frohner.
Gerne, Excellenz.

Christa (auf's Höchste beklommen, mit aufgehobenen Händen).
Vater!

Meister Frohner (sieht sie durchdringend an).
Was ist Dir?

Christa (läßt wie eingeschüchtert die Arme sinken).
Mir war, als rieft Ihr mich, Vater!

Freiherr.
Die Kleine scheint bewegt, was hat sie nur?

Meister Frohner.
Der unverhoffte, herrschaftliche Besuch klemmt sie ein wenig ein. Das ist bald vorüber.

Freiherr (aufbrechend).
Also, gehen wir?

Meister Frohner.

Ich stehe zu Befehl, Excellenz. (Im Vorbeigehen) So faß Dich doch nur, Christa!

Freiherr.

Eine frohe Stunde, Euch Beiden! (Ab mit Meister Frohner durch die Schmiede.)

Fünfter Auftritt.

Die Gräfin. Christa. Später Hilmar.

Gräfin (setzt sich auf die Bank).

Komm', setze Dich zu mir, Christa, und laß Dir sagen, was mich herabbewog. Ei, sei freundlich und holdselig, wie Du mir geschildert worden, sonst machst Du mich's wahrhaftig glauben, daß ich es war, die Dir vorhin den blassen Schauer eingejagt? (Christa bleibt unbeweglich) Oder ängstigt Dich etwa diese Leichenbitterhülle, mein dunkler Mantel, wie? Ein Wort von Dir, und ich will ihn alsogleich in den entferntesten Winkel der Stube legen und es gerne thun, Deiner schönen Augen wegen! (Sie thut dergleichen, als wolle sie denselben abnehmen, Christa macht eine verneinende Kopfbewegung.) Also nicht?.. Ei, um so besser. Vom Gebirge weht es ohnedies eisigkalt herüber — mich friert! (Sie hüllt sich fester in den Mantel, den Blick beständig auf Christa geheftet.)

Christa (für sich, schaudernd).

Derselbe Mantel war's, aus dem Hilmar die Art hervorholte und den Todtschlag an der Linde beging!...

Gräfin.

Was flüsterst Du da so geheimnißvoll, kleine Dorfsibylle?

Christa.

Ich dachte eines Traumes.

Gräfin.

Von heute Nacht?

Christa.

Ja.

Gräfin (gedankenlos).

Bist darinnen etwa gar mit mir bekannt geworden? (Sie erhebt sich) Was?...

Christa (bleich und ruhig).

Ich sah Euch, sowie Ihr jetzt vor mir steht.

Gräfin.

Seltsam! Also daher der Schreck?

Christa (wie oben).

Daher die Angst, Frau Gräfin.

Gräfin (mit leichter Stimme).

Ja, war der Traum denn gar so schlimm?

Christa.

Der bloße Gedanke hieran schmerzt mich bis in die innerste Seel' hinein und hat mir, wie Ihr selbst bemerkt habt, alle Fassung genommen!

Gräfin (bei Seite).

Sollte sie ahnen? Das träfe sich wunderbar. (Laut, lauernd) Verse waren dabei wohl auch im Spiele?...

Christa (entsetzt).

Verse? Wie kömmt Ihr darauf?

Gräfin (für sich).

Sie weiß darum. (Laut, mit leichtem Tone) Nu, bei Deinem feinfühlenden Sinn für Poesie stand schon zu erwarten, daß Dich Gedichte und Lieder selbst bis in Deine nächtigen Träume hinein verfolgen würden, schon um Dir den Brautkuß des Geliebten zu überbringen!

Christa (erröthend).

Frau Gräfin!

Gräfin.

Deine Vorliebe für Gedichte, Mädchen, blieb mir nicht verschwiegen, auch ich schwärmte hiefür. Laß mich Dir daher eine Strophe solcher Verse zur Durchsicht überreichen, Verse, die mein Alles geworden! In ihnen besteht mein bestes Glück, der einzige Schimmer wahrer Freude, denn sie sind mir ein sicherer Bürge süßer Schwärmerei und glühender Begeisterung! (Sie holt Hilmar's Blatt hervor und reicht es Christa hin) Da, nimm, und lies dieselben — sie duften: erste Liebe!

Christa (mit bebender Stimme).

Mir fehlt der Muth!

Gräfin (lachend).

Du denkst wohl gar Dein Traumgott von heute Nacht habe dies weiße Blatt mit seinen Geisterfingern beschrieben? Sei nicht thöricht und nimm es hin!

Christa (vor sich hin.

Großer Gott! Mir ist, als stände ich am Sterbelager von Hilmars Liebe, und ich möchte ihr Alles geben, Glück, Thränen und Seligkeit, nur damit sie am Leben bleibe!

Gräfin.

Nimm!

Christa (nimmt das Blatt mit Zagen, indem sie dabei der Gräfin ängstlich in's Auge blickt).

Die Widmung ist an Euch?...

Gräfin.

An wen sonst? Lies nur erst.

Christa (hat erbleichend gelesen, faltet das Blatt Papier ruhig zusammen und sieht die Gräfin schweigend an).

Gräfin (sich an ihrem stummen Schmerze weidend).

Nun? Habe ich Dir zu lebendig vorgeschwärmt, muß mich dieser holde Liebesgruß nicht beseligen? O! Gib es mir zurück das theuere, weiße Blatt, das mir kein Herbstwind zu Boden wehen, kein Frost vergilben kann, gib es mir zurück, damit es wieder als liebegeweihtes Amulet an meinem Herzen ruhe, seinem angestammten Platz! (Sie faßt darnach.)

Christa (flammend, schleudert ihre Hand zurück und kreuzt die Arme über die Brust zusammen).

Weg da — die Verse gehören mir!

Gräfin.

Was kömmt Dir an?

Christa (wie oben).

Mir gehören die Verse, mir allein, und nur Diebe rauben fremdes Eigenthum!

Gräfin (bricht in ein schallendes Gelächter aus).

Ja, bist Du denn mit Eins verrückt geworden?

Christa (gelassen).

Eure Bosheit prallt ab an der gläubigen Zuversicht, die ich in meinen Hilmar setze, und nun der erste Schreck vorüber ist und ich dies Blatt, das Ihr mit frecher Hinterlist erschlichen habt, in Händen halte, nun fühle ich mich wieder stark und muthig, und nichts soll mich mehr wanken machen!

Gräfin (höhnisch-lachend).

Armes Kind!

Christa (glühend).

Ich brauch' Euer Mitleid nicht, und werfe es Euch wie ein schnödes Almosen vor die Füße!

Gräfin (mit beißendem Hohne).

So stolz? Erschlichen also hätte ich mir dies Blatt.. „mit frecher Hinterlist erschlichen"? Sieh, sieh, die idyllische Kleine wird spitz; da gilt es denn sich rechtfertigen und zwar selbst auf Kosten Deines Herzensfriedens, mein blasses Täubchen! Wenn Du daher wieder ruhiger geworden und Deiner Sinne wieder mächtig bist, dann betrachte Dir genau die Schriftzüge und sage mir hernach: das ist eine fremde Hand und nicht die seine Vermagst Du dies, so gehöre Dir das Blatt auf immer dar, wo nicht, fordere ich es als mein Eigenthum zurück und zwar unverzüglich!

Christa (entfaltet dasselbe mit zitternden Händen, bringt es sich einige Male ganz knapp vor die Augen und ruft dann schmerzergriffen aus).

Die Schrift ist sein! So wahr ein Gott im Himmel lebt... die Schrift ist sein!

Gräfin (triumphirend).

Nun?

Hilmar (erscheint im Hintergrunde).

Christa.

Mir flimmert es vor den Augen und all' mein Denken ist wie Glas zersplittert; der geringste Anlaß ritzt mir das Gehirn wund, und das schmerzt so sehr..! (Rathlos) O Hilmar! daß Du jetzt da wärst, mir tröstend zur Seite stündest, um die sündigen Zweifel zu verscheuchen, die immer engere Kreise um mich ziehen und wie blutdürstende Vampyre mein gemartertes Herz umzingeln! (Verzweiflungsvoll ausbrechend) O Geliebter, wo bist Du?

Hilmar (vortretend).

Da bin ich, Christa!

Gräfin (verwirrt).

Waldsee!

Christa (die anfangs sprachlos dastand, stürzt jetzt Hilmar an die Brust, aufjauchzend).

Das ist Gottes Finger!

(Kleine Pause.)

Gräfin (verhallend).

Waldsee!..

Christa (mit rührender Zärtlichkeit an Hilmar's Halse).

Nicht wahr, Hilmar, Du liebst Deine Christa noch immer wie zuvor und hast ihr nicht die Treue gebrochen, sie nicht so namenlos elend gemacht, wie mich's jene Frau dort beinahe glauben machte? Zur Gräfin) O! Seht mich nun immerhin so böse an, jetzt liege ich ja an des Geliebten Brust, in seinen Armen, und darinnen ruht sich's wie im Hafen! Sie umschlingt ihn fester.)

Gräfin zwischen den Zähnen.)

Bis ich Dich wieder allein in die hohe See hinaustreibe!

Christa zu Hilmar.

Nun sag mir aber: was soll dies Blatt, Geliebter, und wie kam dies Heiligthum verschwiegener Liebe in fremde Hände? durch Dich gewiß nicht, mein Hilmar! Du wußtest gar nichts darum!

Hilmar (mit leiser, bebender Stimme).

Doch, Christa — doch!

Christa (erbleichend).

Versteh' mich wohl, Geliebter, und sammle Dich! Ich meine nämlich, Du hast es jener Frau dort nicht gegeben — Du nicht?

Hilmar (in schmerzlichster Beklemmung).

Christa!

Christa (sieht ihm starr in's Gesicht und windet sich langsam aus seinen Armen).

Hilmar..!

Gräfin.

Wie deute ich mir Ihr beklommenes Zaudern, Waldsee? (Sie fixirt ihn mit brennenden Augen) Wollen Sie mich etwa Lügen strafen?

Hilmar (ihrem glühenden Blicke ausweichend, vor sich hin flüsternd).

Man versinkt in ihren Augen wie im Meer der Sinne . . .

Gräfin.

Enthüllen Sie demnach dem schreckerstarrten Mädchen den Gang der Sache, aber rasch, ehe sie vollends zur Bildsäule geworden!

Hilmar (sich gewaltsam zusammenraffend).

Auf einen Wunsch der Gräfin hin — hab' ich ihr die Verse übergeben.

Christa (aufschreiend).

Nein!

Hilmar (mit tonloser Stimme).

Eigenhändig übergeben.

Christa (verzweifelt).

Du lügst!

Gräfin (frohlockend).

Dämmert es? Und erhalte ich die Verse nun zurück?

Christa (sich mit einem Male aus ihrer starren Verzweiflung aufrichtend).

Zurück? Nimmermehr! Ebensowenig als man den Verlobungsring der Nebenbuhlerin an den Finger setzt, die Einen um Alles — Alles gebracht, ebensowenig sollt' Ihr je wieder diese Verse zurückbekommen, die seit fünf ewiglangen, in zehrendem Sehnen verlebten Jahren mein höchstes Kleinod gewesen! Zerrissen und zerstückelt seien sie fürderhin, wie mein Herz, (sie thut es; Hilmar macht eine abwehrende Handbewegung) und hinaus in den Wind gejagt, wie weiße Schmetterlinge, die jede Blume liebkosend umgaukeln, keiner einzigen aber treu bleiben können! (Mit einem wehmüthigen Lächeln zur Gräfin) Euere starren, durchbohrenden Blicke üben keine Gewalt mehr auf mich aus, ich gebe sie ruhig zurück und fürchte mich nicht mehr davor. Nach solch' einem Schlage, als er mich eben getroffen, wirft man jede Sorge, jede Angst, wie eine welke Blume über'n Zaun des Vergessens, und scharrt den Frohsinn und die Lebenslust, wie einen Leichnam, auf immer tief in die Erde. (Näher tretend) Nur wer was besitzt, denkt mit banger Sorge an's Verlieren — **meine Reichthümer habt Ihr mir geraubt, ich bin eine Bettlerin!**

Hilmar (mit überströmendem Gefühle). Christa!

Christa (mit schmerzzitternder Stimme). Dir aber, Hilmar, Dir — verzeihe Gott! Du hast ein böses, sündiges Spiel mit mir getrieben, mich unsäglich elend gemacht! Lebe wohl daher, Du treuloser, geliebter Mann! Ich war Dir gut, weiß Gott, aus ganzer, ganzer Seele, und was bei Dir Scherz und Laune war, war bei mir tiefes, heißes, stürmendes Lebensblut!... Auch kann ich es noch immer nicht recht fassen, wie man so ein arger Bösewicht und doch wieder dabei so lieb sein kann, das Gehirn will mir darüber reißen und — doch genug, zu viel! Der Allerbarmer oben vergebe Dir, ich scheide ohne Groll! (Sie wankt den Treppenaufgang hinan und verschwindet.)

Hilmar (will ihr nachstürzen). Christa! Christa!..

Gräfin (vertritt ihm den Weg und sagt in herrschendem Tone, ihm dabei tief und glühend in's Auge schauend). Waldsee, Ihren Arm!

Hilmar (der wie gebannt stehen blieb, reicht der Gräfin nun den Arm und eilt mit ihr durch den Hintergrund ab).

Die Bühne bleibt einen Augenblick leer und ist mittlerweile ganz dunkel geworden.

Sechster Auftritt.

Der Freiherr (tritt aus dem Hintergrunde) später Dorothea.

Freiherr.

Eben vorhin schoß meine Nichte am Arme Hilmar's an mir vorüber. Wäre der Schmied nicht gewesen, ich hätte die Beiden ganz und gar übersehen, so indessen ging der Alte pfeilgerade auf sie zu, und ließ sich's nicht ausreden, ihm das Geleite bis an den Grenzzaun seines Besitzthums zu geben. (Er setzt sich vorne an den Tisch) Ein trüber Fackelträger, der biedere Alte, der in gewissenhafter Ausübung seiner Hausherrnpflicht dem flatterhaften Jungen eigenhändig hinauf in's Schloß, statt in die Brautkammer seiner Tochter leuchtet! Mir schnitt es in's Herz, als mir das beifiel und die Ahnung zur Gewißheit ward, daß Hilmar seine Jugendliebe vergessen und mit einer andern vertauscht habe! (Trübsinnig) Ich jedoch that Schlimmeres noch. Ich liebte aus ganzer Seele, und ward überlohnt dafür, schämte mich aber dessen und stahl mich eines Morgens leise von meinem Mädchen fort, wie das Mondlicht aus dem Walde — beim bleichen Tagen! (Schwer seufzend) Ach! Wie schwer finden sich auf diesem kreisenden Runde zwei gleichfühlende Herzen? Wie selten geschicht dies wohl! Und trifft es sich gerade, wie viele Klüfte gibt es da nicht zu überschreiten, bis man endlich an die geliebte Brust sinken darf?! (Bitter) Oft muß ein ahnenreines Wappenschild allein die Schlucht konventioneller Pflichten ausfüllen, die als trennende Macht dazwischen liegt, und so den Ersatz abgeben für das arme, um seine Liebe betrogene Herz!...

(Dorothea erscheint in der Schmiede, einen brennenden Kienspahn in der Hand, den sie in einem Eisenring an der Thüre festgepflanzt und bleibt dann horchend stehen.)

Freiherr (im Nachträumen der Vergangenheit versunken).

O, Grafenried! Du stiller Ort meiner frömmsten Entzückungen, ich denke mit Jünglingswärme und inniger Trauer an Dich zurück und zaubere mir mit wehmüthiger Lust die Andachtstunden meines Herzens vor die bewegte, erinnerungskranke Seele!

Siebenter Auftritt.
Der Freiherr. Dorothea.

(Diese Scene ist nur vom düstern Fackellicht beleuchtet.)

Dorothea (die schon bei Nennung des Namens Grafenried schmerzlich zusammenzuckte und dem Selbstgespräche des Freiherrn mit immer zunehmender Verwirrung zuhörte, tritt jetzt rasch vor und sagt, mit vor Bewegung bebender Stimme).

Wer nennt da die Brandstätte meines Glücks?

Freiherr (vom Sitze aufspringend).

Was wollt Ihr, Weib? Und mit welchem Rechte horcht Ihr mir meine Geheimnisse aus der Brust?

Dorothea.

Dasselbe könnte ich Euch fragen, der Ihr so eben mit frevlem Munde den Leichenstein von dem verhülltesten Heiligthum meines Innern gerückt und einen Namen laut ausgerufen habt, den ich seit fünfundzwanzig kummervollen Jahren niemals auszusprechen wagte!

Freiherr.

Meint Ihr Grafenried?

Dorothea (außer sich).

Was wiederholt Ihr den Namen, Teufel, der mich schon das erste Mal wie Todesfrösteln eisig überkroch, mir das Hirn beinah' versengte? Wollt Ihr mich rasend machen.

Freiherr (entsetzt).

Weh! Der Wahnsinn spricht aus ihr!

Dorothea (nach einer kleinen Pause, in Trübsinn verloren).

So besteht er denn noch immer, der stille, heimliche Ort, den ich längst verschüttet wähnte? Er hat somit meine Hoffnungen und Freuden alle überlebt! (Stier vor sich blickend) Häuser sind eben Häuser, deren Steine nicht so leicht zu Grunde gehen — (mit einem irrsinnigen Lächeln) mit Herzen ist es anders — die brechen leichter!

Freiherr (schreckerstarrt).

Wer seid Ihr nur? Mir bangt vor Euch!

Dorothea (wie geistesirre).

Als ich noch jung und schön gewesen, nannte man mich Dörthe (der Freiherr schrickt zusammen), was gar lieblich klang, denn mein Liebster rief mich so, nur er allein, und wie Musik floß der Name von seinen Lippen. Jetzt heißt man mich nur mehr die **verrückte Alte** rundum! Ha! ha! ha! So ändern sich die Zeiten — so die Menschen!..

Freiherr (dem man eine mächtige Gemüthsbewegung anmerkt, mit tonloser Stimme).

Ihr nennt Euch Dorothea? Dorothea Frohner? Besinnt Euch wohl, ehe Ihr mir Antwort gebt!

Dorothea.

Was gibt es da viel nachzusinnen. Bin die Schwester des Schmieds: Dorothea Frohner. Ganz Düstereiche kann es Euch bezeugen, wenn Ihr mir's nicht glauben wollt!

Freiherr (vernichtet, für sich).

Gerechter Gott!

Dorothea (wie aufwachend).

Aber wer seid denn Ihr? Nennt mir nun auch Euren Namen und gebt mir Aufschluß, in was für Beziehung Ihr zu jenem Orte und seinen Erinnerungen steht?

Freiherr (mit klangloser Stimme).

Ich — bin der Freiherr auf Düstereiche!

Dorothea (sieht ihn groß an).

Unser Gutsherr?

Freiherr.

Ja

Dorothea (zaudernd).

Unser Gutsherr, der Freiherr selber also? Das war mir fremd — (rasch entschlossen) dennoch aber muß die Frag' vom Herzen 'runter, muß ich Licht in der Sache bekommen und erfahren, was Ihr von jenem Orte wißt? — Mein Leben hängt daran!

Freiherr.

Du sollst es wissen!.. Ich selbst war dereinst unter geborgtem Namen in Grafenried, und habe Dich geliebt — geliebt und betrogen! (Dorothea faßt mit beiden Händen nach ihren Schläfen) Erkennst Du mich denn nimmer, Deinen Clemens nimmer, der nun alt und grau vor Dir steht, um Dir gebengten Sinnes all' das Elend abzubitten, das er in jugendlicher Schwäche auf Dein müdes Haupt geladen hat?

Dorothea (ihren Kopf krampfhaft mit den Händen haltend).

Mein Schädel, mein armer, wüster Schädel!..

Freiherr (sanft).

Besinne Dich erst und dann verzeihe mir! Auch ich habe viel gelitten und stets mit Liebe Dein gedacht, Dörthe!

Dorothea (läßt wie verklärt vor Freude die Hände sinken, aufhorchend).

Dörthe! Ha! Das ist's! Der süße Klang dieses Namens tönte eben wie eine Sage aus der Kindheit zu mir herauf und erhellt mir mit Eins mein traumbefangenes Gedächtniß! (Mit dem Kopfe nickend) Ja, ja. Jetzt erkenne ich Dich wieder — der Ton Deiner Stimme hat mir dazu verholfen, ihm dank ich's, Dich zwar alt und müde, aber dennoch wiedergefunden zu haben! (Der Freiherr will sprechen, sie fällt ihm in aufgeregter Hast in's Wort) Doch stille, um Gotteswillen stille. Kein Wort, keinen Laut hierüber, das Alles thut mir viel zu weh. — Ziehe hin, Du Einsamer, und harre geduldig aus, bis daß Du dereinst oben all' die Deinen versammelt findest, worunter ich mich nun auch zählen darf. Im Gottesreiche gibt es ja keine Grenzgitter, keine Wappenbücher mehr, die man erst blätternd fragen muß: ob man Diese oder Jenen lieben darf, ob nicht? Dort, in dem zu Hause über den Wolken werden wir in reiner Himmelslust unsere geistigen Flitterwochen nachfeiern und uns einen — einen für die ganze Ewigkeit! (Leise verhallend) Ziehe hin daher! Und als frommen Abschiedssegen rufe mich noch einmal bei meinem Namen, wenn Du das Gartengitter erreicht hast. Thu' mir diese Liebe, Clemens. Mir wird es dabei ganz selig im Gemüthe werden und mich nach Grafenried versetzen, dem verlornen Paradiese unsrer Jugend! (Der Freiherr will sprechen, sie unterbricht ihn rasch) Sprich nicht, jetzt nicht. Ich harre auf Deinen Abschiedsgruß. Leb' wohl, Clemens — Leb' ewig wohl!..

Freiherr (geht mächtig bewegt langsam ab).

(Kleine Pause.)

Dorothea (steht in horchender Spannung bis des Freiherrn sehnsuchtvibrirender Ruf „Dörthe" herübertönt, worauf sie aufjauchzend ihm nacheilen will und dabei eine Handbewegung macht, gleichsam als wolle sie den Klang der Stimme erhaschen; von innerer Bewegung zurückgehalten, wirft sie sich hierauf laut schluchzend auf die Knie, indem sie mit himmelwärtsgerichteten Blicken Dankesworte stammeln will, aber die Stimme versagt ihr, worauf sie erschöpft ihr Haupt auf die Brust und die Arme schlaff herabfallen läßt.

Der Vorhang fällt rasch.

Vierter Aufzug.

(Auf Schloß Düstereiche. Dekoration wie zu Anfang des zweiten Aktes.)

Erster Auftritt.
Hilmar (allein).

Hilmar.

Beschlossen ist's. Nach langer Qual wankelmüthigen Erwägens beschlossen, die demüthigende Sklavenfessel gewaltsam zu brechen, die mich bisher an die Gräfin band, und die satanische Gewalt, die ihr Blick, der Ton ihrer Stimme auf mich ausübte, dadurch auf immer zu bannen, daß ich wieder in's Vaterhaus zurückkehre und heute noch Christa das bittere Weh reuig abbitte, das ich ihr völlig willenlos und blos vom magnetischen Zauber jenes dämonisch-lockenden Weibes getrieben, gestern zugefügt habe. Dem Allen muß heute noch der Grenzstein gesetzt werden und diesen Monat noch Christa mit dem Myrtenkranze vor dem Altare stehen!

Zweiter Auftritt.
Hilmar. Gräfin Ada Lyr (aus der Mittelthüre).

Gräfin (die die letzten Worte vernommen hat).

So bald schon die Trauung? Schade, da werden meine Gedanken allein Ihre unsichtbaren Hochzeitsgäste abgeben, denn bis dahin bin ich schon längst über alle Berge.

Hilmar.

Sie reisen, Gräfin?

Gräfin.

Heute noch. Was soll ich auch länger hier?

Hilmar.

Nu, ich meinte —

Gräfin (unterbricht ihn mit einem trüben Lächeln).

Nicht weiter! Gestehen Sie mir's vielmehr, daß Sie den Augenblick segnen wollen, wo Sie aus diesem Fenster, die Staubwolken meiner Reisekutsche erblicken werden! Wir sind uns zu nahe gestanden, Waldsee, um uns darüber zu täuschen, müssen vielmehr mit vernünftigem Gleichmuthe von jeder artigen Floskel den Firniß, wie von den Bäumen draußen das Falllaub, abgleiten sehen! Sie hätten es mir daher immerhin gestehen dürfen, daß Sie den unseligen Zauber gerne gebannt wissen, der Sie, wenn auch nur auf einige Tage, dennoch zu meinem Sklaven machte!

Hilmar (scharf).

Den unseligen Zauber, wie Sie sagen, Gräfin, hätte ich auch ohnedem gelöst — hiezu bedurften Sie nicht erst der Reisekleider!

Gräfin (lächelnd).

Schwerlich, Waldsee — schwerlich!

Hilmar.

Doch, Gräfin! Ein fester Wille, ein reiflich erwogener Entschluß vermag viel; und überdies war ich ja nur der Gefangene Ihrer Sinne, mein Herz haben Sie nie besessen — das blieb unversehrt!

Gräfin (aufstöhnend).

Hilmar!

Hilmar (mit beißender Ironie).

Das war eine jener Phrasen, wie Sie sie seit neuester Zeit vorzugsweise lieben: eine artige Floskel, von der der Firniß abfiel, wie die Blätter draußen von den Bäumen!

Gräfin (flammend).

Mir das — mir? (Sie kämpft ihre Bewegung gewaltsam nieder und sagt mit vibrirender Stimme.) Einem jeden Andern wäre dieser beißende Hohn theuer zu stehen gekommen, Ihnen gegenüber aber will ich den schäumenden Gischt meines Zornes gewaltsam zurückdrängen, weil ich weiß, daß die Flammen meines Herzens Sie beängstigen und erglühen machen, wo Sie träumen wollen! daß Sie mich aber dennoch missen werden, fühle ich mit einer Ueberzeugung, die nicht trügt, ja, ich wage kühn die Behauptung auszusprechen: Ihre reiflich erwogenen Entschlüsse vermöge eines einzigen Kusses abermals zu vereiteln, und das Alles blos auf Ihre biegsamen Vorsätze hin, die ich als gar schwankende Baumeister kenne, wo es gilt, einer Lockung zu widerstehen!

Hilmar.

So mochte ich früher sein, als Sie noch wie ein Meteor in lichtumfloss'ner Glorie vor meinen trunkenen Blicken verführerisch schimmerten und mir Aug' und

Sinne mit süßem Zauber gefangen nahmen. Seitdem ich aber an Ihrer Brust geruht, und Sie mit frevlen Wünschen die keusche Knospenblüthe meines Herzens entblättern wollten, auf die meine Braut allein ein heiliges Anrecht hat, seitdem habe ich über mich selbst gesiegt und bin Herr über jene feige Schwäche geworden, die mir bald mein bestes Fühlen einbüßen und den Schwur der Treue brechen ließ!

Gräfin (schmerzergriffen).

Hilmar, Ihre Worte thun mir weh, dreifach weh, weil ich Ihnen meinen Schmerz hierüber nicht verbergen — ihn nicht weglügen kann!.. (Leidenschaftlich ausbrechend) O! Warum sind Sie mir nicht früher begegnet? Warum mußte ich Dich jetzt erst treffen, jetzt, wo die Glut meines wandermüden Herzens allmälig verkohlt und erloschen ist — der Knospengarten meiner Hoffnungen und Träume dicht verschneit liegt? Wärst Du mir früher erschienen, Dich hätte ich geliebt! Denn daß ich Deinem Mädchen gestern solche Marterqualen bereitete und mich an ihrer stummen Verzweiflung mit teuflischer Bosheit zu laben schien, das Alles geschah ja nur Deinetwegen, Hilmar, blos weil ich den Gedanken nicht ertragen konnte, sie von Dir geliebt und mir vorgezogen zu wissen! Darum folterte ich das arme Kind, das ich mit aller Gewalt hassen und vernichten wollte, ihrer Seelengröße wegen aber still für mich — bewundern mußte. (Wehmüthig) Sie hat gesiegt und wird bald beständig in Deinen Armen ruhen, während ich

hoffnungsleer und rastlos in eine schimmernde Welt voll
Trug und Arglist trete, woselbst man durch Zerstreuung
aller Art jeglichen Mahnruf des Gewissens übertäuben
will, und die tiefen Herzensrisse und den gräßlichen
Schmerz eines verlornen Lebens, durch ein krampfhaftes
Lächeln verbergen muß. Wenn Sie das bedenken,
Waldsee, werden Sie mir Ihr Mitleid nicht versagen.
Ihre Braut aber — vergebe mir! Fast glaube ich, wenn
dies fromme Wesen, nach all' dem Leid, das ich ihr angethan, es vermöchte mich in ihr Gebet einzuschließen, so
würde mir der Himmel vielleicht noch die Kraft verlei-
hen, das überflitterte Elend mit einer abgeschiedenen
Klosterzelle zu vertauschen und Ihre Verzeihung mit dem
Blute meiner Sinne zu erkaufen! (Mit gepreßter Stimme)
Nun aber: Lebewohl! (Sie küßt Hilmar ehe er sich's ver=
sieht auf die Stirne) Der keusche Kuß ist kein Unrecht
und zählt nicht unter meine Sünden — ich scheide
ja auf immer!.. (Sie eilt bewegt ab durch die Mitte.)

Dritter Auftritt.

Hilmar (allein).

Hilmar (der Gräfin gedankenvoll nachblickend).

Seltsames Geschöpf, voll schroffer Gegensätze! Sie
mahnt mich unwillkürlich an das geheimnißvolle Irr-
licht, das trotz Mond und Sterne stets den eigenen
Lichtschimmer behauptet, im Vorüberhuschen Alles flüchtig anglänzt und dabei jeden Wanderer trügerisch vom
rechten Wege ab in dessen verderbenbringende Nähe

lockt! Ach! Wie schön wäre die Schönheit, wenn sie immer in die Schleier der Poesie gehüllt bliebe! Gott sei Dank! Der Traum ist ausgeträumt. Ich athme auf und will dem Freiherrn unverzüglich meinen Entschluß bekannt geben. (Will ab.)

Vierter Auftritt.

Hilmar. Der Freiherr (ihm entgegen aus der linken Seitenthüre).

Freiherr (bleich und düster).
Ich habe mit Dir ein Wort zu sprechen, Hilmar.

Hilmar.
Auch ich habe eine Bitte vorzubringen, Exzellenz.

Freiherr.
Die lautet?

Hilmar.
Mich meiner Stelle in Gnaden zu entheben.

Freiherr.
Du kommst mir zuvor, Hilmar. Unsere Wege kreuzen sich ohnedies von heute ab.

Hilmar (betroffen).
Wie verstehe ich das, Exzellenz?

Freiherr.
Ich reise nämlich nach dem Schwarzwald, auf mein Rittergut Moosbrunn, dessen einsame Stille einem alten, lebensmüden Manne, wie ich einer geworden, so zusagen dürfte, daß ich wohl schwerlich mehr diese Gegend

heimsuchen werde, um so mehr da ich über Dich nun so ganz beruhigt bin. (Ihn bei der Hand fassend) Ich hatte Dich nämlich einen Augenblick im Verdachte, als hättest Du die frommen Bande Deiner ersten Liebe gebrochen und durch andere entheiligt. Verzeihe mir. Ich habe mich hierin gerne getäuscht, und da jetzt Deinem Ehebündniß nichts mehr im Wege liegt, so erlaube mir Dir im Vorhinein als Hochzeitsgabe — dies Schloß zu schenken.

Hilmar (verwirrt).

Exzellenz! Ich . . .

Freiherr.

Einwürfe gelten nicht. Gönne mir vielmehr den Trost, Dich hier still glücklich zu wissen. Diese Ueberzeugung soll mir fürderhin in der Ferne zur alleinigen Herzenslabung werden, und mich oft an Euch Alle denken machen!

Hilmar.

Unmöglich, Exzellenz, unmöglich!

Freiherr (ihn befremdet anblickend).

Was sagst Du da?

Hilmar.

Ich kann und darf es nicht annehmen, Exzellenz, ohne in den entehrenden Verdacht gemeinen Eigennutzes zu kommen.

Freiherr (sanft).

Ein Ablehnen Deinerseits, Hilmar, würde mich kränken.

Hilmar (beklommen).

Erzellenz!

Freiherr (nach rückwärts blickend).

Da kommt Dein Vater. Sein kluger Sinn wird Alles schleunigst ordnen.

Fünfter Auftritt.

Die Vorigen. Der Oberförster Waldsee.

Freiherr.

Ihr kommt eben recht, Alter, um Euerem Sohne unzeitige Skrupeln zu verscheuchen.

Oberförster.

In wie ferne, Erzellenz?

Freiherr.

Vorerst aber freut Euch mit mir über die reuige Rückkehr desselben!

Oberförster (entfärbt sich).

Wie? der Hilmar wär' uns wieder geschenkt?

Freiherr.

Er blieb Euch unverloren, und verläßt heute noch aus freien Stücken seine jetzige Stellung in der innigen Ueberzeugung, daß er nur an der Brust seiner Christa und im Kreise der Seinen die innere Seelenruhe und sich selbst wiederfinden könne!

Oberförster (zwischen Freude und Zweifel kämpfend).

Ihr scherzt wohl nicht, Erzellenz, denn das thäte gar zu weh?

Freiherr (sanft verweisend).
Wie dürft' ich das, Alter?

Oberförster (glückselig).
So darf ich's also wirklich glauben?

Hilmar (fällt ihm in die Arme).
Du darfst es, Vater, zum Beweis dessen sink' ich Dir überwältigt an die Brust!

Oberförster (ihn umschlingend).
Mein Sohn!..

Freiherr (wehmuthsschwer für sich).
Muß mich's denn ewig mahnen, daß der meinige gestorben ist und in der Schloßkapelle begraben liegt? O, wenn sich doch nur die rückwirkende Macht vergangener Tage ersticken ließe!

Hilmar.
Du bist ganz blaß, mein Vater — Dir ist nicht wohl?

Oberförster.
Unsinn! Mir zittern nur die Beine ein wenig — s' geht vorüber!

Freiherr.
Setzt Euch, Waldsee!

Hilmar (bringt einen Stuhl).

Oberförster.
Wenn Exzellenz erlauben? (Er setzt sich erschöpft.) Bin sonst immer rüstig gewesen und mochte was aushalten, der freudige Schreck aber — hat mir's angethan!

Freiherr (seufzend).

Ja, so was überwältigt!

Oberförster (aufstehend).

So. — Nun tragen mich schon wieder die alten Knickebeine, und ich bitte Euer Exzellenz mir jetzt gnädigst die Skrupeln bekannt zu geben, die ich dem Hilmar vertreiben soll?

Freiherr.

Der ehrliche Junge macht sich nämlich ein Gewissen daraus, dies Schloß als Hochzeitsgeschenk anzunehmen, das ich ihm schon längere Zeit in meinem Testamente zugesichert habe.

Oberförster.

Schloß Düstereiche, Exzellenz?

Freiherr.

Den ganzen Besitz rundum.

Oberförster.

Unmöglich!

Freiherr.

Wie, auch Ihr seid dem entgegen?

Oberförster.

Ganz und gar, Exzellenz. Unser guter Name litte darunter, wenn der Hilmar so im Handumkehren vom Diener zum Gutsherrn emporwüchse, und den in Ehren aufrecht halten, gereichte mir stets zur heiligsten Pflicht!

Freiherr (trübsinnig).

So sollt Ihr es denn erfahren, was mich von hinnen jagt, sollt den Schlüssel finden, der Euch den geheimnißvollen Schrein meines Innern aufschließen und Euch so mein räthselhaftes Wesen erklären wird? (Hastig leise) Wisset denn: Jenes blasse Mädchen, von dem ich oft in düstern Augenblicken trüber Schwermuth gesprochen, dessen Andenken mich als Gewissenspein bis in meine nächtigen Träume verfolgte und mir keine Ruhe gönnte — dasselbe Mädchen fand ich, nach fünfundzwanzig Jahren, alt und abgezehrt — gestern Abend in der Schmiede wieder!

Hilmar. Gerechter Gott! } fast zugleich.
Oberförster. Dorothea Frohner?

Freiherr.

Eben sie. Um ihre Jugend habe ich sie schnöde betrogen, ihr Alter aber will ich verschönern, so gut als ich es nur immer vermag und dadurch beginnen, daß ich ihr das wehmüthige Glück ermitteln will, jene Räume zu bewohnen, in denen ich seither gelebt habe!

Oberförster.

Das ist ein Anderes, Exzellenz. Jetzt ist es Hilmar's Pflicht, die Schenkung anzunehmen —

Hilmar (einfallend).

Und jede Rücksicht nach Außen hin wäre Feigheit unsererseits!

Freiherr (beiden bewegt die Hände schüttelnd).

Dank, tausend Dank, Ihr Guten! Das soll Euch unvergessen bleiben. Nun aber lebt wohl! Laßt mich nicht erst lange Abschied nehmen. So etwas muß wie

ein Sargdeckel schleunigst geschlossen werden. Gott be=
fohlen daher, und grüßt mir das ganze Dorf — lebt
Alle wohl, Alle! (Mit leiser Stimme, mächtig bewegt.)
Auch die in der Schmiede unten!
(Eilig ab in die linke Seitenthüre.)

Sechster Auftritt.
Die Vorigen, ohne den Freiherrn.

Hilmar (ihm nachblickend).
Mich dauert der alte Mann aus ganzer Seele und
eiszigkalt überkriecht es mich, wenn ich bedenke, was er
Alles ausgestanden hat?

Oberförster (ihn fixirend).
Und Sie, die er treulos verließ? (Hilmar schrickt
leise zusammen.) O, komm', komm' eiligst hinab in die
Schmiede, ehe es zu spät geworden, und sehe hierin einen
göttlichen Fingerzeig, der Dir deutlich darthut, zu wel=
chem Ende es führt, die stillen Gelübde unserer Herzen
einer schimmernden Lockung wegen aufzuopfern!

Hilmar.
Ja, Vater. Gehen wir, eilen wir hinab zu ihr! Ein
Kuß von meinem süßen Mädchen soll mich für Alles
entsündigen, mich völlig umgestalten! Sie liebt mich
gewiß noch immer, mithin komme ich nicht zu spät, wie
Du meinst, denn Liebe ist gar bald versöhnt und lächelt
gerne unter Thränen! (Den Oberförster beim Arme neh=
mend) Komm', komm' daher, mein Vater! Mich zieht's

wie mit magischen Händen hinab in ihre Arme — hier oben ersticke ich schier!

(Beide durch die Mitte ab.)

Verwandlung der Scene.
Hausflur der Schmiede, wie im dritten Aufzuge.

Siebenter Auftritt.
Meister Frohner (aus der Schmiede tretend). Dorothea (die Stufen herab).

Meister Frohner (ihr entgegen, mit gedämpfter Stimme).
Schläft sie?

Dorothea.

Sie that zum mindesten dergleichen und schloß die rothgeweinten Augen.

Meister Frohner.

Ja, meinst Du denn, sie hänge auch jetzt noch an ihm, bereue am Ende wohl gar, sich von dem treulosen Buben auf immer getrennt zu haben?

Dorothea (mit einem schmerzlichen Lächeln).

Auf immer, Bruder? Was sagst Du da. Oder glaubst Du etwa, weil der Mensch Länder und Staaten theilen kann, eben so gut könne er auch mit einem beliebigen Zaunpfahl unsere Gefühle abzäunen, der ihnen wie eine Warnungstafel den Eintritt wehren und Halt gebieten soll? Armer Bruder! Bist so alt geworden und hast noch immer nicht einsehen gelernt, daß kein Wille, kein Entschluß und Vorsatz einem liebepochenden Herzen je seine lauten Schläge dämpfen kann, weißt noch immer nicht, daß es ein Anderes ist, das Picken einer Wanduhr einzustellen, und dem Herzen Schweigen zu gebieten! Damit Jene verstummt, braucht es blos einer leisen Pendelberührung, um aber die Schläge da drinnen (sie hält krampfhaft ihr Herz) stillstehen zu machen, dazu bedarf es einer überirdischen Macht, die der barmherzige Tod allein besitzt! Nur er kann uns auf immer trennen, er allein. (Geheimnißvoll flüsternd) Drüben im Jenseits heißen sie's: auf ewig!

Meister Frohner (sieht sie angstbeklommen an).
Schwester!

Dorothea (wie geistesabwesend).
Ewig!.. Hier, auf Erden, nennen wir's: Sterben!

Meister Frohner (wie oben).
Was hast Du nur heute, Dorothea? Du bist wie umgetauscht. Laß doch ab, mich zu quälen!

Dorothea.
Quälen, Bruder?

Meister Frohner.
Dein überhirntes Wahrsagerwesen, macht mich schier verzagt und sinnverwirrt. So schlimm kann es ja gar nicht mit meinem Kinde stehen — was? (Da Dorothea schweigt) Ei, so sprich' doch, und thu' nicht jetzt, gerade jetzt so stumm; oder meinst vielleicht Dein satanisch Schweigen jage mir Furcht ein! O, damit machst Du mich's ja doch nicht glauben, daß Gefahr an der Sache

ist. (Rastlos) Ich will es aber wissen, will selber hineingehen und sehen, wie's meinem Christel geht! (Will ab.)

Dorothea (vertritt ihn den Weg).
Franz!

Meister Frohner.
Zurück da! Dem angstbeklommenen Vaterherzen wirst Du nicht Halt gebieten!

Dorothea.
Du gönnst ihr also nicht einmal den kurzen Gedankenschlummer, der ihr zum alleinigen Labsal geworden?

Meister Frohner (sich besinnend).
Ja so — sie schläft, und der Schlaf, gelt? der thut ihr gut und haucht ihr wieder Rosen auf die blassen Wangen? Schau, das hätte ich beinahe außer Acht gelassen. (Sie auf die Schulter klopfend) Hast ganz recht gehabt, mich zurückzuhalten — ganz recht, Dorothea. Auf das hätt' ich meiner Seel' ganz und gar vergessen! (Er stiert vor sich hin in's Leere).

Dorothea (besorgt).
Dir ist nicht wohl, Bruder? Deine Stirne glüht.

Meister Frohner.
Es tanzt mir vor den Augen, just, als hätt' ich zu tief in's Weinglas — (er stockt).

Dorothea.
Geh hinaus in's Freie! Du sollst sehen, Franz, das hilft Dir.

Meister Frohner (sich aufraffend).

Ich will's versuchen, Dir und dem kranken Kind da d'rinnen zu Liebe. Sobald es sich aber in ihrer Stube oben nur leise regt — hörst Du? — so rufe mich. Das vergiß mir nicht! (Langsam ab, in den Hintergrund).

Achter Auftritt.

Dorothea (allein).

Dorothea.

Armer Bruder! Mit Leib und Seele hängt er an Christa, das Mädel ist sein Alles, und sie verlieren müssen — der Gedanke versengt das Hirn, ich begreif's!

Neunter Auftritt.

Dorothea. Christa (erscheint am Treppenaufgang).

Christa (bleich und schwankenden Schrittes, die Stufen
herab).

Muhme!

Dorothea (zusammenfahrend).

Wer ruft? Ach, Du bist's, Christa? (für sich) Wie blaß sie ist! (Laut, theilnahmsvoll Christa's Hand fassend) Hast viel an ihn gedacht?

Christa (mit leuchtenden Augen).

Für und für! Ich bin wie neu gestärkt!

Dorothea.

Wenn Du Dich nur wohl fühlst!

Christa.

Mir ist ganz wohl. Meine Seele ist wie ein Hauch der Sehnsucht nach oben! (sie setzt sich an's Fenster) Aber

ein eigenes, seltsames Ding bin ich denn doch! Ich
liebe, wo ich hassen sollte... Denn sagt selbst,
Muhme, ob ich Denjenigen nicht von Rechtswegen hassen
müßte, der mich so treulos hintergangen und ein so
arges Spiel mit mir getrieben hat?

Dorothea.
Von Rechtswegen — ja.

Christa (müde=lächelnd).
Und seht! Ich lieb' ihn trotz alledem aus tiefster
Seele, lieb' ihn ohne allen Groll. Nur mir kann ich
die bösen Worte nicht verzeihen, die ich ihm als Scheide
gruß mit heimgegeben, die möcht' ich wie ein ausgeliehen
Pfand wieder einlösen können — dann wär' mir gleich
um Vieles leichter. (Ausbrechend) Ach Muhme! daß man
Jemanden gar so lieb haben kann...!

Dorothea (bei Seite, bitter).
Und solchen Lohn dafür einsammelt!

Christa (vor sich hin träumend).
„Du sollst keine Götter haben neben mir!" — hat
Gott, der Herr gesagt!... Ach! Manchmal war es
mir wohl, als ob es eine Sünde, ein Verbrechen wäre,
so sein Alles in einen Menschen zu legen, und den
noch ... (wie aufwachend) Spracht Ihr was, Muhme?
(Dorothea nickt verneinend, worauf sie sich langsam mit der
Hand über's Gesicht fährt und dann traumverloren zum
Fenster hinausblickt.) Wie ist doch da draußen Alles so
gut! Das Mondlicht schimmert so weiß herwärts, durch

das Föhrendunkel, wie Leinwand auf der Bleiche, und kein Luftzug weht rundum, die gelben Stoppeln am abgeernteten Felde allein knistern so geheimnißvoll, just als durchliefe der einsame Nachtwind die dürren Blätter eines Todtenkranzes! — Sonst ist Alles still, weit und breit, selbst die Hirtenflöten schweigen, und mir ist, als müßt' mein pochend Herz aussteigen und sich wie ein müdes Kind in den Mondschein legen und so lange darinnen schlafen, bis mich ein Kuß wachwecken und beseligen würde. (Aufflackernd) Der Kuß aber käm' von ihm, von Hilmar, dem geliebten, theuern Mann — denn, daß ich ihn verloren habe, kann ich nun und nimmer glauben, das war gewiß nur ein schwerer Traum gewesen! (Sie schmiegt sich liebkosend an Dorothea) Gelt, Muhme? Er liebt mich noch immer wie zuvor, und von all' dem Andern, Bösen, träumte es mir nur?.. (Da Dorothea schweigt, faßt sie dieselbe krampfhaft bei den Händen, indem sie ihr dabei entsetzensstarr in's Auge stiert) Oder sollte dennoch —?

(Fernes Geläute.)

Dorothea (milde).

Die Dorfglocken läuten. Beten wir ein Ave Maria, Christa!

Christa (sie noch immer anstarrend).

Ja. Beten wir, beten wir, Muhme. (Sie läßt ihre Hände los, so daß sie schlaff herabhängen) Wahr also, wahr? Armes Herz! (Sie fällt schwach zurück in den Lehnstuhl.)

Dorothea (erschrocken).

Was ist Dir, Kind?

Christa (mit matter Stimme).

Nichts, Muhme, nichts!

Dorothea.

Doch, Dir ist schlecht?

Christa.

Mich schläferts blos!

Dorothea.

Wie schwach Du bist. Mußt Acht haben!

Christa (mit geschlossenen Augen, ohne ihre halbliegende Stellung zu verändern).

Vielleicht träumt es mir von ihm und macht mich auf Augenblicke wenigstens vergessen, daß ich ihm nimmer an die Brust sinken darf, vergessen, (mit thränenerstickter Stimme) daß er mich nimmer mag!

Dorothea.

Christa!

Christa (hastig-leise).

Gute Nacht, Muhme!

Dorothea (blickt sie kummervoll an).

Armes Kind! (Vortretend) Das Kreuz, das Du ihr auferlegt hast, Allerbarmer oben, ist zu schwer für sie, sie kann's nicht tragen und bricht zusammen!

Letzter Auftritt.

Dorothea. Christa (schlummernd). Meister Frohner. Bald darauf Oberförster Waldsee und Hilmar.

Meister Frohner (aus dem Hintergrunde).
Regt sich noch immer nichts in der Stube oben? Mich litt's nicht länger allein am nebelnden Felde draußen, ich mußte hereinkommen und nachsehen, ob —

Dorothea (mit gedämpfter Stimme, auf Christa deutend).
Da schau her, Bruder!

Meister Frohner (will auf sie zustürzen).
Christel!

Dorothea (hält ihn am Arme fest, verweisend).
Sie schläft ja!

Meister Frohner (in ihrem Anblick verloren).
Mein bleiches, krankes Christel!

Dorothea.
So mäßige Dich doch, Bruder, damit änderst Du ja doch nichts. Eine heftige Gemüthserschütterung allein kann da noch helfen. Doch fasse Dich jetzt, ich höre Stimmen. Es kommt Besuch.

Meister Frohner.
Wer kommt?

Dorothea (heiser).
Einer, der aus dem Vennsberg schnurstracks in die Kirche läuft! Ha! ha!

Der Oberförster und Hilmar treten auf.

Meister Frohner (freudig erstaunt).

Seid Ihr's. O! Euch sendet Gott!

Hilmar (auf ihn zueilend).

Vater!

Meister Frohner (zaudernd, zum Oberförster gewendet).

Versteh' ich recht?

Oberförster.

Er ist unser, Ihr dürft ihn getrost in die Arme schließen. (Hilmar sinkt dem Meister Frohner an die Brust.) Sein besseres Ich trug den Sieg davon!

Meister Frohner (hoffnungstrunken zu Dorothea).

Das, denk' ich, wird sie heftig genug erschüttern, was meinst Du, Schwester?

Dorothea.

Hoffen wir's!

Hilmar (hat Christa erblickt und wirft sich ihr zu Füßen).

Christa! Mein Mädchen! Mein frommes, süßes Mädchen!

(Kleine Pause.)

Dorothea (die die Schlafende unverwandt mit starrem Blicke fixirte, sagt nun mit unheimlicher Geberde).

Stille nun! Ihre Lippen bewegen sich. Sie erwacht!

Meister Frohner.

Stille!

Hilmar (ist aufgestanden und hat sich in athemloser Spannung hinter den Lehnstuhl gestellt).

Christa (mit geschlossenen Augen, wie ein Kind leise überbetend).

„Dein Sänger läßt die Leier sinken,
„Andre aus der Quelle trinken,
„Die dem Helikon entfließt.
„Doch, o Muse! kehrst Du wieder
„Freundlich grüßend bei mir ein,
„Laß des Herzens reine Lieder —

Hilmar (der nicht länger an sich halten kann, vorstürzend).
„Meiner Liebe Kunde sein!"

Christa (schlägt beim Klange seiner Stimme, verklärt= lächelnd die Augen auf, hält sich krampfhaft das Herz und stürzt mit dem Freudenschrei „Hilmar!" in seine Arme).

Hilmar (sie umschlungen haltend).
Liebste Liebe! Diese Umarmung eint uns auf ewig! Damit entsündigst Du mich von Allem und nimmst mich wieder gastlich auf in das Heiligthum Deines Herzens! O, Christa! Du süßes Mädchen! Die verklärte Stille rundum läßt mich's erst so recht empfinden, wie fromm und gut Du bist, wie gottgeweiht Deine Nähe ist. Ist mir doch so feierlich zu Muthe, just als erhöbe der Pfarrer den heiligen Leib des Herrn und ich müßte davor in die Kniee sinken und weinen vor stummer Andacht Gottes und inniger Liebe zu Dir! — Nun aber laß dies träumerische Hindämmern und schlage die holden Liebessterne auf, die mir Verzeihung zulächeln sollen. Strafe und beschäme mich hiedurch... (Christa

liegt unbeweglich in seinen Armen) Weh mir! Schafft Hilfe her! Die Freude hat sie überwältigt und ihr die Besinnung genommen!

Meister Frohner (schreckerstarrt). Besinnung genommen? } fast
Oberförster. Was sagst Du da? } zugleich.

Hilmar (außer sich).

Rettet, helft! Nicht Liebeszauber, eine Ohnmacht fesselt sie in meine Arme! Seht selbst, wie bleich sie ist!

Dorothea (die kein Auge von Christa abwandte und deren entstellte Gesichtszüge deutlich den ausbrechenden Wahnsinn zu erkennen geben, schleicht nun an Hilmar heran und wendet Christa's Kopf, indem sie dieselbe am Kinne faßt, gespenstig-flüsternd).

Bleich — bleich wie der Tod! Ha! ha! ha!

Meister Frohner (wie oben). Schwester! } zugleich.
Hilmar (entsetzt). Teufel!

Dorothea (die Hand auf Christa's Herz legend, zu Hilmar).

Da drinnen ist es jetzt still und ruhig wie in einer Gruft, nachdem die Leichenräuber sie verlassen haben. Gebt die Hand her und horcht, ob Ihr nicht etwa Gras wachsen hört ... (Heiser) Kirchhofgras? ha! ha! ha! Das brennende Elend, sonst auch Liebe geheißen, ist ja nunmehr verbrannt und ausgelöscht wie Kohlenglut in einem winddurchsausten Meiler, kein Fünkchen davon blieb übrig. Das Herz da hat jetzt für Alles ausgeschlagen, somit auch für Euch! (Sie drängt Hilmar fort, faßt die Todte in ihre Arme und bringt sie auf den Lehnstuhl am Fenster).

Meister Frohner (zitternd, fast blöde geworden, zum Oberförster).

Was faselt denn die tolle Alte drüben?

Oberförster (ihn tief ergriffen bei der Hand fassend).

Bleibt stark, Frohner, und tragt die Heimsuchung, die Euch Gott gesandt, in Demuth und stiller Ergebung als Christ! (Meister Frohner stützt sich schweigend auf seine Schulter).

Hilmar (der wie leblos dastand, Christa unverwandt anstarrend, wirft sich nun schluchzend zu ihren Füßen).

Todt, wirklich todt? Und ich, Dein Hilmar hat Dich getödtet, ich bin Dein Mörder, Christa, (mit rührender Klage) und hab' Dich doch so herzlieb gehabt! (Er verbirgt sein Gesicht in ihrem Schooß.)

Dorothea (irrsinnig lächelnd).

Häuser, sind eben Häuser, deren Steine nicht so leicht zusammenstürzen — mit Herzen ist es anders — hi! hi! hi! — Die brechen leichter!...

Die Dorfglocken läuten.

Gruppe.

Der Vorhang fällt rasch.

Ende des Drama's.